COLLECTION FOLIO

David McNeil

Tous les bars de Zanzibar

Gallimard

David McNeil, auteur-compositeur chanté par Yves Montand, Julien Clerc, Alain Souchon, etc., a enregistré sept albums sous son propre nom.

CHAPITRE PREMIER

Le poêle à paraffine a du mal à chauffer les quatre mètres cubes du petit entresol que m'a trouvé ma sœur chez des amis à elle qui loueraient un grenier sans échelle à un nain. Moi mes amis se comptent sur les doigts de la main d'un voleur de Bagdad vivant au Moyen Âge, on est en soixante-deux et les sages de là-bas ont relu les sourates alors ma métaphore paraît bien démodée... D'accord, six pieds trois pouces c'est parfois encombrant et puis je restais tard dans le lit défoncé derrière le paravent où les deux Australiennes qui partageaient le flat venaient faire leur toilette, mais comment expliquer que rien n'est plus touchant qu'une ou deux Australiennes autour d'un lavabo, à part Martine Carol quand elle cambre les reins pour qu'une de ses pastilles dépasse de sa nuisette, à un voisin jaloux.

J'ai dû faire peur aux filles, il en a trouvé une au bout du corridor, l'autre était sur les toits les deux mains sur les seins, il a cru voir Vénus mais sans coquille Saint-Jacques et chez Botticelli elle ne crie pas : « Police ! »

Alors je me retrouve chez ce couple d'amis dans la rue d'à côté, lui voudrait être peintre, elle est belle à se pendre, quand parfois je la croise grimpant vers son palier, pendant quelques secondes je ressemble aux zombies qui dorment dans les placards des maisons d'Haïti, je ne trouve plus la porte qui va avec ma clé, je chante en italien, je maudis Fragonard, Titien et tous les peintres, même les frères Ripolin, ils séduisent les gamines sans leur offrir un verre, s'habillent dans les poubelles mais paraissent élégants et sonnent vers huit heures quand on dîne chez les dames, ils vous tapent sur l'épaule et vident le clos-vougeot puis caressent lesdites dames pendant qu'on sort le chien.

J'ai un lit, pas de chaise, une ampoule au plafond, je me laisse ramener par quelques fiancées et comme j'oublie leurs noms c'est pas mal d'être seul, j'aurais l'air d'un idiot s'il fallait présenter. Elles n'ont pas l'élégance de celles qu'on trouve en ville et dont les bas ne filent qu'à des moments précis, quand on les déshonore dans la chambre à coucher de leurs parents qui chassent leur ennui en Afrique.

Mes belles viennent des endroits dont on peut lire les noms sur tous les autobus qu'on ne prendra jamais, Lizzy s'attache toute seule aux barres du radiateur, Laura se déboutonne déjà dans l'escalier, Sandy fait du strip-tease au Raymond Revue bar alors elle aime qu'on l'aime sans qu'on la déshabille. Oona a un nounours qu'elle garde dans ses bras, on met « Birth of the Blue » sur mon vieux tourne-disque, si « disque » dans « tourne-disque » s'écrit au singulier c'est que les dictionnaires savent qu'on n'est pas nombreux à en avoir plusieurs : on trouve *Pierre et le Loup* chez quelques catholiques, *Piccolo et Saxo* c'est plutôt protestant,

Hava-Naguila reste sur le buffet, les Juifs aiment la musique qu'ils se jouent dans la tête...

Dans les surprises-parties à part Fats Domino, j'ai pu voler *Nadine* chanté par Chuck Berry, mais c'est aussi rayé que mon « Birth of the Blue », le saphir va finir par nous lire l'autre face. Même joué à l'envers ça doit tenir le coup, Miles Davis a trente ans, j'en ai vécu dix-sept dont plus de la moitié dans des collèges idiots. Des types tapaient des balles, moi j'aimais mieux le jazz, il restait une trompette sur l'étagère du haut de la salle de musique, je n'avais pas le choix, mais les histoires d'amour commencent parfois comme ça.

À Londres on aime le jazz mais quand c'est pas trop fort, si on joue New Orleans mieux vaut rester là-bas, alors j'attends la nuit quand je rentre un peu seul pour sortir la Couesnon dorée en *si* bémol qu'un ami de mon père m'a offerte pour Noël. Des sourdines j'en ai plein, ce sont les verres à pied que Nadine a cassés dans des anniversaires, elle n'est pas vraiment slave mais qu'est-ce que ça peut faire, on casse tous des assiettes sans être vraiment grecs.

Je n'aime pas les night-clubs mais j'aime tellement Nadine que je tiens les vestiaires dans celui où elle joue. Je fais un peu les sacs, c'est une boîte années trente, l'orchestre est féminin, devant, en baby-doll, trois gamines se disputent un faux micro à piles, on a mis au milieu la seule qui ait des formes alors elle les agite pour qu'on oublie les autres. Quand un paumé dépense en plus du droit d'entrée une livre et dix shillings pour deux gouttes de whisky il est en droit d'attendre que les filles sur la scène soient un peu plus sexy que celle qu'il a chez lui, qui s'appelle sans doute « Pam », et qui pendant qu'il boit remet encore au four la pizza aux poivrons réchauffée quatre fois et puis qui vers onze heures enverra la maquette du Spitfire faire un vol vers les poubelles d'en face, ouvrira à minuit la bouteille de chianti qu'on gardait pour dimanche, ne remontera plus la bretelle de sa robe, passant devant la glace en se trouvant pas mal, d'ailleurs cet imbécile ne sait pas ce qu'il perd et qui veut d'un minable qui bricole des avions même quand on se promène les rideaux grands ouverts dans ces dentelles vulgaires avec des trous partout où il n'en faudrait pas qu'envoient sous pli discret les catalogues frivoles. Vers deux heures espérant qu'un rôdeur à l'affût, si possible masqué surtout si c'est un nègre, passera dans le coin, elle sortira tout ça du dessus du placard et comme le rôdeur tarde ou doit violer ailleurs elle fera sa valise, finira le chianti, s'endormira bourrée en rêvant d'Italiens qui jouent des mandolines allongés sur le cuir de leurs spiders Lancia, elle va se faire hôtesse dans un club de vacances.

Nadine aime elle aussi les belles voitures de sport, alors voilà qu'un chauve dit qu'il a une Jaguar et nous invite à prendre un dernier verre chez lui, son chauffeur est parti, lui n'a plus de permis, c'est moi qui dois conduire et toutes les filles approuvent alors je prends les clés. Je vois une plaque en cuivre sur le tableau de bord avec ses initiales et reconnais trop tard dans le rétroviseur le bonhomme qui tripote mes copines et Nadine pendant que je démarre, j'enclenche la première, je m'embrouille et je cale, mais qui peut me jurer qu'il n'aurait pas le trac au volant d'un bolide, bien sûr à part Fangio, quand Stirling Moss l'invite à conduire à sa place.

Ils appellent des taxis et moi je rentre à pied, je n'ai même pas six pence pour prendre un bus de nuit, d'habitude aux feux rouges je saute sur les remorques des camions qui s'en vont vers les aéroports. Mais il est tellement tard, les feux sont clignotants, le seul camion qui traîne c'est le camion de blues, il se moque de Nadine, et même de Stirling Moss, ne paie pas aux péages et roule sans essence, on croit l'avoir semé quand on boit des alcools ou qu'on fait le jeune homme dans le lit d'une douce, le matin le voilà garé en double file juste devant la porte, il vous suit comme une ombre, comme l'œil qui dans la tombe avait suivi Caïn.

Si la musique qu'ils jouent change souvent de nom, Leadbelly, Bessie Smith, Édith Piaf ou Coltrane, vous diront si un jour vous croisez leur chemin que le camion de blues, lui c'est toujours le même, il aime autant Bahia que les rues de Lisbonne, les cabanes du bayou autour de Baton Rouge, les roulottes des Tziganes et les pubs de Dublin, les bouzoukias d'Athènes et les cafés du Caire. Les bars de Zanzibar ça c'est une autre affaire, mais Mezz Mezzrov m'a dit un soir aux Trois Mailletz qu'un homme digne de ce nom une fois dans sa vie s'y doit d'avoir un jour une bouteille à son nom. Moi je voudrais ne fût-ce qu'un seul soir, dix minutes, être troisième trompette dans le band d'Ellington. Là derrière mon pupitre en smoking réversible je jouerais ce que Mezz appelait le « son d'orgue » pour que Cootie Williams fasse le plus beau solo qu'un homme ait entendu depuis Louis le Grand. Armstrong se nomme Louis, ça me rend malheureux quand on prononce « Louiss », il est né près d'une rue dans le quartier français appelée

Bourbon Street du nom du sixième fils de Saint-Louis et tout ça s'est passé en Louisiane et non pas en Louissiane, voilà que je me fâche mais j'ai laissé mes clés dans cette fichue Jaguar où j'ai perdu la face en même temps que Nadine. Je passe Lancaster Gate, qui pourrait deviner que dans quatre à cinq jours on y vivra ensemble à deux étages d'écart, mais je suis déjà loin, je dépasse Bayswater et ses lumières orange, j'arrive à Notting Hill et là je tourne à droite devant Linden Gardens en insultant les fées qui devaient être soûles le jour où je suis né, penchées sur mon berceau en riant comme des folles.

Si jamais elles reviennent et me disent : « Faites un vœu », je répondrais : « Je veux faire le vœu que personne n'ait plus jamais besoin d'avoir à faire de vœu », les voilà au chômage jusqu'à la fin des temps, c'est un peu diabolique, on se venge comme on peut...

Je crochète ma porte avec l'antenne radio qui dépasse de l'épave d'une Rover d'avant-guerre, même dans cet état-là quelqu'un doit y tenir, quelques secondes plus tard une voiture de police m'emmène très poliment vers Wandsworth au dépôt. Je connais, mais de nom, c'est là que Vince Taylor, grand rocker devant Dieu qui s'est prénommé Vince parce qu'il aime Gene Vincent, et sa bande du Two I's, Tommy Steele, quelques autres, viennent finir la semaine quand des gens pas gentils les traitent de teddy-boys et leur refusent un verre et qu'alors le café se change en terrain vague que quelques néophytes prennent pour un parking.

Un endroit fréquenté par de bons musiciens et c'est pourquoi sans doute le superintendant me tend un formulaire, avec six pieds trois pouces je peux faire une demande pour devenir cadet, cinq livres par semaine, après deux ans c'est dix avec des avantages, un village de vacances du côté de Ramsgate, une retraite confortable cumulée à la solde qu'on peut comme chef vigile espérer dans trente ans dans le secteur privé. La fanfare joue souvent au stade de l'Arsenal, on voit le match à l'œil, on est aux premières loges, on répète dans la cave sous l'ancienne prison et je tombe très bien, il leur manque une trompette. Ajoutez à cela toutes les filles qu'on séduit grâce à son uniforme, je dis que j'aime Nadine qui connaît Stirling Moss qui connaît le patron de la Telefunken, demain matin à l'aube un ingénieur maison changera son antenne au crétin qui s'est plaint et qui l'a dérangé en plein dans son travail, et que moi on m'attend, je rentrerai à pied, que j'enverrai deux places pour la course que Stirling court dimanche à Brands Hatch, c'est vrai c'est pas grand-chose, mais c'est un vrai plaisir de rencontrer quelqu'un qui aime l'Automobile.

Pieds et poings liés, les chaussures délacées ce n'est plus le sous-sol mais la prison elle-même qu'alors on me propose, on me jette dans une cage entourée de rigoles et ça sent très mauvais. À peine allongé sur une banquette en bois, un gardien dit : « Debout ! » en passant sa matraque sur les barreaux rouillés, il me donne du thé, je dois dire aussi bon qu'à la gare Victoria dans ce snack que j'aime bien près de la salle d'attente qui vend de gros sandwiches, du steak and kidney pie et des baked beans on toast. J'y vais quand les Français arrivent le week-end pour s'acheter des pulls et je prends des accents, parisien ou pied-noir, ça dépend du client, je leur tape quelques pounds soi-disant pour mon train, je dois rentrer chez moi, ma grand-mère est malade, je fais aussi le Belge, bien moins bien le Vaudois, mais où je suis très fort, c'est quand je mélange tout, l'intonation yiddish et le pakistanais. Là il faut être en forme et rester très sérieux quand le type ahuri sort un billet ou deux parce qu'il trouve que j'ai plus l'air d'un marin danois que d'un cosmopolite et qu'il n'est pas tranquille. Quand il y a de bons trains bien remplis d'imbéciles qui arrivent conquérants et croient venger Jeanne d'Arc, Napoléon et les chevaliers d'Azincourt en sautant sur les filles comme les marins de Cook sautaient sur les gamines naguère à Tahiti en les croyant faciles (les filles qu'on croit faciles sont les plus compliquées et les marins de Cook ont tous fini bouffés), je commande tous les plats et puis je recommence, je fais même des concours avec mon copain Serge qui lui prend des photos dans des soirées douteuses avec un appareil caché sous son blouson, bien sûr ça se vend bien mais ça finira mal, en fait dans la Tamise, un couteau dans le dos...

Ils font du très bon thé, pas du thé compliqué, jasmin et bergamote là-bas on connaît pas, c'est un snack populaire, avec du formica, des serviettes en papier, des couverts pas très nets, la serveuse vous engueule tout en vous souriant et quand elle débarrasse, qu'elle se penche un peu trop, pressés par les bonnets de sa gaine à baleines ses seins font un beau pli là où ils se rejoignent.

Elle habite un deux-pièces près d'Elephant and Castle, cet endroit au départ était une forêt où il y avait un pub tenu par un Français, un royaliste en fuite à la Révolution, les cockneys, paresseux, avaient changé le nom du pub qui s'appelait : « À l'infante de Castille ».

Le thé de la prison est vraiment comme je l'aime, fait par un prisonnier mais c'est pas Vince Taylor et le petit bonhomme dans son costume rayé, ça c'est mon avocat qu'on a commis d'office.

On s'en sort pas trop mal, le juge ne me condamne qu'à un mois de travail d'intérêt public et comme mon seul diplôme c'est six mille mètres en mer, je suis maître nageur aux bains municipaux. J'ai raté Vince Taylor, et j'attendrais vingt ans pour rencontrer mon homme dans un bar des Abbesses, chantant « Japanese Doll » en sautant sur les tables, ce soir-là on avait sans doute un peu trop bu. On allait faire un disque avec d'anciens succès et six nouvelles chansons dès le lundi suivant, j'ai pris les musiciens, de grandes pointures du rock, Burt Blanca tout exprès arrivait de Bruxelles. Est-ce le même avocat qui nous a appelés pour dire que mon rocker séjournait à Wandsworth pour port d'arme illégal, on ne l'a jamais su, on n'a pas fait le disque, seulement bouclé la boucle et depuis le rocker a rejoint mes fantômes...

À part l'odeur de chlore j'aime bien ma piscine et j'apprends à nager aux délinquants du coin, le soir c'est réservé aux champions olympiques, je fais signer mon bon et je rentre chez moi. À Londres en soixante-deux quand on a un tee-shirt, c'est comme des bas nylon pendant la dernière guerre, faut connaître un soldat qui travaille au P.X. et j'en ai reçu trois avec des espadrilles. Bon, le pantalon blanc, lui, peut paraître étrange, la coupe dite « coupe anglaise » ne va pas à tout le monde, et je suis de ceux-là, moi ça me gêne un peu quand le mercredi viennent en maillots bleu marine les petites des écoles si fières de leur poitrine qui commence à pointer à travers le tricot et qui passent et repassent devant moi pour savoir si ça se voit déjà.

Béni soit ce monsieur sans doute un peu tordu qui un jour a fait faire dans une île des Shetlands ces maillots de laine bleue qui ne sèchent jamais et qui donnent des couleurs aux fesses blanches qu'on découvre quand les grandes de six ans se changent sur la plage et qu'on n'en a que cinq mais la différence d'âge ce n'est pas important, d'ailleurs à cinquante ans si mes blondes en ont vingt j'en ferai pas un plat...

À cinq ans et demi, le demi à cinq ans a tellement d'importance, j'avais une fiancée dont j'ai perdu le nom qui aimait bien trancher les méduses d'un coup sec avec sa pelle à sable, tout le monde a fait ça, moi je partais devant, entourant les plus belles d'un trait de mon râteau, laissant en dédicace une grande initiale.

Quelquefois les Chinois servent de la méduse et j'en commande souvent en repensant à elle, je demande un couteau comme ils n'ont pas de pelle, et là généralement on m'enlève mes baguettes : on a vu des touristes à peine assis à table qui les taillaient en pointe pour s'en faire des cure-dents, d'autres parlent de Bulgares qui les auraient croquées en trouvant tout de même ces bretzels un peu durs, mais quand on est en Chine on fait comme les Chinois, voilà un bon exemple de gens qui savent vivre.

Le mois a passé vite, on reprend mes tee-shirts et le pantalon blanc, on jette les espadrilles à cause de l'athlete's foot, le juge pour les mineurs m'a trouvé un boulot qui commence lundi alors je prends le train à Waterloo Station, aller simple en seconde et je pars pour Chelmsford voir mes grands-parents sans me douter qu'à Londres cet imbécile de peintre reloue mon entresol à une famille hindoue et met toutes mes affaires dans une caisse en carton qu'il pose à la consigne au métro Leicester Square. On prononce Lester, c'est typiquement anglais, d'ailleurs la sauce anglaise se prononce « Wüster-sauce » et s'écrit « Worcestershire », si les armées d'Hitler, celles de Napoléon après celles de César ont déclaré forfait, c'est que quelque part ils sont vraiment tordus, comme l'inventeur sadique du maillot en laine bleue, du smoking au dîner, des couteaux qui devraient pousser les petits pois sur le dos des fourchettes, rouler à gauche par contre c'était vraiment logique, la plupart sont droitiers, la nuit dans les ruelles, se croisant à cheval, ils pouvaient aisément dégainer leurs épées.

Quand on était gamins ma petite sœur et moi on passait nos vacances chez ces mêmes grands-parents, lui, consul général en retraite, tue le temps en matant sa voisine par-dessus les thuyas, son épouse du Québec l'avait suivi partout, à Paris, Chicago, jusqu'au Venezuela, elle était la treizième d'une ribambelle d'enfants dans une ferme à côté du grand lac Etchemin.

Elle avait fait l'école et puis Dieu sait comment dans un bal de la ville elle « tomba en amour » comme on disait chez elle pour ce beau diplomate dont l'oncle avait écrit le *King Salomon's Mines* qu'elle ne connaissait pas, mais il dansait si bien, et puis toute cette musique et puis tout ce champagne et puis sa petite robe qu'il a trouvée jolie, et la voilà mariée, ma petite paysanne, depuis elle est Lady et ça la fait sourire quand les snobs de province viennent lui baiser la main. Le soir dans sa cuisine on chante en québécois des trucs de la Bolduc et des traditionnels dont elle se souvient bien, je me rappelle celle qui allait comme ceci, sur un air de polka :

Y a ma tante Emma qu'est tout énervée
La v'là rendue à quat'pattes pour chercher son dentier.
À la main gauche, à la main droite
Changez de bord, vous vous êtes trompé.

CHAPITRE DEUX

À la gare de Chelmsford je bois un verre de cidre, je monte dans le bus vert qui m'amène à Broomfield, c'est une petite bourgade qui s'étend peu à peu, un jour toute l'Angleterre ne sera qu'une seule ville. Je n'aime pas les buildings, il faudra qu'on s'y fasse, qu'on s'entasse en hauteur ou adieu coquelicots, plus on construit de tours moins s'étaleront les « pavs » avec des puits en pneus peints façon mur en brique où pend un casque allemand plein de fleurs en plastique et des pelouses tondues tellement rases qu'un beau jour un tondeur arrivera jusqu'en Nouvelle-Zélande. Les termites ont compris et bâtissent leurs buildings dans les plus beaux endroits, Mombassa, Zanzibar, je me suis fait termite et je vis six mois l'an au vingt-deuxième étage d'un immeuble à New York en face de Central Park, c'est pour donner l'exemple, moi je déteste ça.

Mon grand-père est furieux que son voisin jaloux fasse monter de grands murs tout autour de sa femme, ce soir on va jouer aux échecs au salon et caresser les chats en buvant des liqueurs, il me reparlera de Suzy Solidor, une chanteuse très belle dont j'ai un portrait nu fait un jour par Man Ray, qu'il a sur ses épaules prise à califourchon quand

Paris célébrait sur les Champs-Élysées le retour de Munich du naïf Daladier.

Dimanche on partira pour la ville, lui et moi, on prendra un taxi qui fera un détour, il aime le pont de Londres quand il est dans la brume, qu'on ne voit plus ses tours et que les parapets s'étirent comme font ses chats quand il a fait du feu et que tout est tranquille devant la cheminée. J'aurais mis en pestant une des cravates en soie que son frère l'amiral m'a léguées à sa mort avec de vieilles jumelles qui agrandissent à peine pour que les ennemis ne paraissent pas trop grands. En arrivant au Club on montera les marches vers le premier étage, descendant aussitôt à la salle à manger, on peut aller tout droit, mais pourquoi se priver quand la rampe est bien celle que Talleyrand lui-même a fait faire sur mesure dans ses années d'exil. Il y a au milieu de cette salle à manger une immense table ovale où les gentlemen seuls qui désirent converser s'installent, mais tout autour on ne vous dérange pas même pour vous dire bonjour après trente ans d'absence.

Mon grand-père a sa table, et le maître d'hôtel nous apportera une soupière de vichyssoise. En se penchant un peu il me dira : « Bizarre qu'après Vichy de Gaulle signe ces accords d'Évian, toutes ces eaux minérales... nous allons boire du vin. » Alors en fond de salle, aussi droit qu'un bretzel de restaurant chinois, un vieux lord tombera d'une attaque cardiaque, personne ne quittera son assiette des yeux pendant que deux hindous l'emporteront, discrets. On prendra un café dans la bibliothèque, et puis il s'en ira en disant quelque chose comme : « Grandson, don't do things I would not do myself », mettra son vieux melon et partira vers l'est, tapant sur les pavés du bout du parapluie qu'il n'a jamais ouvert sous les plus grands orages.

Chaque dimanche chez ma sœur son père John vient dîner, dont je porte le nom, une histoire compliquée, mais l'homme est compliqué, alors ma mère un jour a bouclé ses valises et rencontré le mien, encore plus compliqué que pouvait être l'autre, ça se complique vraiment le jour où moi je nais, qu'elle refait ses valises et part vivre à Paris avec un photographe qui arrive de San Juan mais habite Manhattan, Charles est d'origine belge et connaît bien Bartók qui lui était hongrois de Nagyszentmiklós. Je n'ai vraiment pas su que répondre à la fille qui tranchait les méduses dans mon collège anglais quand elle me demandait : « Where do you come from ? », mais tout bien réfléchi tout ça est très logique quand on sait que plus tard j'aurai à Monaco un bateau italien et une voiture anglaise pour promener en ville ma jolie Marocaine...

John et moi on se croise en sortant du métro, on ne s'est jamais vus mais on se tend la main, il a une belle allure dans sa donkey-jacket, cette sorte de gros caban que portent les dockers, coupé dans du drap bleu, renforcé par du cuir pour protéger l'épaule.

On parle de musique, il voudrait rassembler ces chansons de chez lui qu'on chante dans les pubs où chaque intervenant improvise un couplet et qui durent bien après l'heure de la fermeture, oubliées aussitôt, un peu comme on oublie à sept heures du matin les mots qu'on dit aux belles mais ça c'est pas trop grave, à part quelques poètes on se dit la même chose depuis Adam et Ève...

On donne une fortune pour voir à l'Albert Hall « Sortilège des Cymbales Très Sacrées du Tibet » qu'on tape de la main gauche une fois tous les trente ans sur la fesse d'une vierge triée sur le volet mais trouvez dix pennies pour qu'on garde la mémoire de cette musique qu'il aime et qui va disparaître... C'est vrai qu'à cette époque dans l'échelle des valeurs les Écossais se placent à peine un peu plus haut qu'un chien sans pedigree avec une patte en moins, quant aux filles d'Aberdeen, de Glasgow, d'Édimbourg, elles font comme leurs cousines qui arrivent de Bretagne avec leur baluchon à Paris-Montparnasse, elles changent les serviettes dans les hôtels de passe avant d'être gentilles avec les vieux messieurs, amis de leur amant, un bel étudiant corse né de père inconnu et de mère yougoslave qui vont beaucoup l'aider quand il sera docteur, architecte ou dentiste et qui l'épouse en juin.

J'avais quitté un cours payé six mois d'avance, un cours d'art dramatique qui me plaisait vraiment quand le vieux professeur qui a passé l'épée à Laurence Olivier dans l'acte deux, scène trois d'un *Henri* « Dieu sait quoi » en mille neuf cent vingt-sept a dit : « Quel pseudonyme choisirez-vous jeune homme, avec un nom pareil vous n'irez pas bien loin, il y a bien un McQueen qui fait du cinéma, mais c'est en Amérique, les culs-terreux aiment ça, les noms de culs-terreux, ici c'est l'Angleterre ayez l'intelligence de prendre un nom anglais... »

J'ai plein de pseudonymes, pour les carnets mondains j'ai signé Miroslav ou Bogdan Gabarsky, au bas des toiles à l'huile que j'ai peintes à New York pour accrocher aux murs d'une maison délabrée j'ai mis F. Dugommard, quant à Milan Viddec, anagramme de mon nom, on lui doit des objets sculptés en pomme de terre façon Fernand Léger dans un pur style cubiste. Si j'insiste sur le choix à part pour faire des frites d'une bintje appelée « à végétation rapide », c'est que tout bon faussaire un jour peut être pris, l'huissier apportera l'objet dit « du délit » à la cour qui le juge, et stupeur on verra entre ses doigts vengeurs un plant de pomme de terre couronnant l'œuvre d'art et quand il est en fleur c'est du plus bel effet.

Les copines australiennes ont dû rentrer chez elles, que les sorciers là-bas protègent les kangourous, ce soir on est à trois devant un gros poulet, des légumes et du vin qui vient du Portugal, et si les Écossais n'entendent pas la musique qu'on se joue dans la tête comme ça m'arrive souvent quand mon camion de blues me revient au galop plus vite que la marée vers le Mont-Saint-Michel, je vais garder mon nom n'en déplaise à la Reine et à tous ceux qui passent les épées au théâtre depuis la nuit des temps et c'est très bien ainsi. Je n'ai pas lu beaucoup mais je connais Shakespeare, j'ai vendu des saucisses à Stratford tout l'été et si Roméo, lui, dormait chez le roi Lear, moi dans sa caravane je câlinais Juliette.

Quelque vingt ans plus tard j'ai eu ma récompense, je roulais tranquillement sur le pont Stuyvesant, une voiture de police me pousse sur le côté, « Pas un mot, pas un geste, sauf les mains sur la tête », les flics étaient nerveux on venait de trouver dans le River Side Drive un homme de l'O.N.U. quatre balles dans le corps, sa copine bien plus jeune empalée sur le manche de la boîte de vitesses de la Facel Vega. La ville était bouclée, on m'arrache la veste, on en sort mes papiers et je me vois déjà dans une prison du Bronx, j'y suis né, c'est d'accord, mais les temps ont changé et là j'ai vraiment peur... Le grand type qui me fouille voit mon nom et demande si je viens de Bara, c'est une toute petite île, une tache sur la carte, mais d'où vient sa famille, ils ne portent pas de kilts parce qu'ils montent à cheval et ont des pantalons qui ressemblent à ces braies qu'avaient les guerriers celtes avant d'être envahis. Quand je lui réponds « oui », il me prend dans ses bras et me prête deux motards qui me ramènent chez moi, c'est pas toujours facile et pas souvent comme ça, mais ce jour-là j'étais content d'avoir ce nom.

John a remis sa veste alors je fais comme lui, on embrasse ma sœur qui me donne un paquet, c'est un rasoir Philips avec des têtes flottantes que m'envoie Dominique, il est à la Légion, passant par Djibouti, en route pour Zanzibar, il a pensé à moi et s'est dit qu'aujourd'hui j'ai sans doute de la barbe, on ne s'est pas revus depuis la rue Chaplain le jour de mes quinze ans.

Empruntant à sa mère dix mille francs de l'époque pour m'acheter un livre en disant : « Gibert-Jeune ferme tôt, faut faire vite », il m'avait emmené voir les belles qui attendent de vous dire qu'elles vous aiment le soir au Chaton-Bar. Les filles étaient jolies ou peut-être très moches, mais elles montraient sans gêne ces troublants centimètres qu'on voit entre l'ourlet de la robe et la bande où le nylon du bas serre joliment la cuisse. En faisant un salut à la mode nipponne, par leurs cols complaisants, elles assises, moi debout, j'aurais vu leur nombril, tant de peau dénudée ça m'était inconnu, même si tous les jeudis au Secrétan-Palace je donnais toutes les pièces de mon argent de poche au vieux projectionniste et restais trois séances pour dix secondes de film en attendant la scène où Lollobrigida descend très lentement dans son bain en jetant son peignoir aux Nubiennes qui ne portent qu'un pagne, la censure de l'époque tolérait quelques nus quand c'était exotique.

Une fille au fond du bar ressemblait à Mansfield, moi ça m'aurait bien plu que ce soit la « première », Dominique m'a fait signe que c'était un travelo, le temps de boire mon verre, que je tourne la tête, le menteur l'emmenait vers le premier étage. Il restait une brunette, une vraie blonde, une rouquine, une princesse asiatique, une Africaine dodue, balafrée sur les joues, sans doute une étudiante diplômée d'Heidelberg. Moi j'étais comme Pâris, ne sachant qui choisir, elles se moquaient de moi mais tellement gentiment que je les voulais toutes, j'avais lu quelque part qu'on fait ce genre de choses mais l'argent Gibert-Jeune aurait fait un peu juste. J'avais l'air d'un idiot quand des clients bruyants sont entrés dans le bar, la brunette s'est levée, m'a tiré vers sa chambre, elle devait les connaître et n'avait pas envie de se faire bousculer par trois hommes à la fois. Elle a fermé la porte et s'est déshabillée, j'aimais déjà les femmes quand je tétais ma mère, et à cinq ans et demi je pense tenir le titre du plus jeune pensionnaire de toute la Grande-Bretagne à avoir dû subir l'humiliante punition qui consiste à baisser son short flanelle grise devant toute la chambrée pour recevoir dix coups. Bien sûr c'était écrit en très gros sur la porte : « DORTOIR DES FILLES », mais bon, à cinq ans et demi on ne lit pas très bien, c'est ce que j'avais dit mais j'ai reçu quand même mes dix coups sur les fesses à cause de cette ingrate qui tranchait mes méduses et que j'avais voulu rejoindre dans son lit. Elle a crié si fort que je comprends pourquoi dans les collèges anglais ils préfèrent les garçons, ça manque de tout partout mais ça doit certainement crier beaucoup moins fort.

Ma petite brunette avait ôté sa robe et dégrafait l'attache fermant son soutien-gorge, je connaissais le geste, je l'avais vu cent fois quand l'actrice se retourne avec un œil pas dupe pendant que Pierre Blanchar allume une cigarette, mais c'était noir et blanc, là c'était en couleurs. J'ai enlevé ma veste, défait mon pantalon, et au moment précis de devenir un homme comme on dit dans les livres que personne ne lit plus, la serrure de la porte a volé en éclats, les fêtards qui voulaient celle-là et pas une autre sont entrés dans la chambre, dans cette situation, même en étant rapide on appelle son copain, pas facile de se battre encombré aux chevilles. Dominique en chemise, très mousquetaire du roi, balançait quelques gifles, Jane Mansfield aussi nue que ses seins étaient lourds tapait avec les pointes de ses talons aiguilles, le videur est monté, a viré tout le monde, pour devenir un homme je reviendrai plus tard, là j'étais comme Moïse, voyant la Terre promise sans pouvoir y entrer.

Heureusement dans ma vie est arrivée Rachel, mes deux parents vivaient tellement loin de Paris, l'un à Saint-Paul-de-Vence, l'autre en Belgique, alors je passais les week-ends chez les parents de Schwab, un copain de l'école qui jouait du piano, Rachel est sa cousine, elle a au moins vingt ans, elle voulait voir la France, devait rester dix jours, elle est restée deux mois, j'ai toujours voulu croire qu'elle est restée pour moi. Un matin en cherchant de l'eau à la cuisine, je l'ai vue appuyée à la porte-fenêtre, elle n'a dit que « Hello » d'une voix irréelle, j'ai lévité deux jours à un mètre du sol. L'uranium irradie sauf à travers le plomb, si on coulait Rachel dans une chape de béton, qu'on la jetait à l'eau dans la mer des Sargasses on saurait en passant six mille mètres plus haut qu'une femme est dans le coin et ce sera Rachel. On va au cinéma, on se caresse les mains, elle me donne rendez-vous au Pam-Pam Opéra, peut-être est-elle émue de toutes mes maladresses, par tous ces faux prétextes que je trouve tout le temps pour frôler ses cheveux ou toucher son épaule, pas d'endroit où aller, trop fauchés pour l'hôtel, on prend donc le métro vers le bois de Boulogne, derrière le premier arbre on s'embrasse déjà, puis on trouve un bosquet, on s'allonge sur les feuilles, j'ouvre grande sa chemise comme une pochette-surprise, je déballe trop pressé les cadeaux qu'elle renferme, je comprends qu'elle voudrait que peu à peu je trouve ses contours et ses courbes qui vont du blanc au beige et du beige au sépia à mesure que j'approche d'un de ses mamelons.

Elle nous cache comme elle peut sous son manteau en daim tandis que ma main cherche la chaleur sous sa jupe, quand je sais qu'elle m'attend, je vois trois cents voyeurs avec des bicyclettes, des jumelles bien plus grosses que celles de l'amiral qui se cachent sous les arbres à vingt mètres de nous. On se lève, on s'habille, on s'en va malheureux, on repart en métro, bras dessus, bras dessous, demain elle prend l'avion, je ne la verrai plus, je garderai longtemps ses parfums sur ma peau et j'attendrai Sandy, ma petite strip-teaseuse, pour entrer par la porte que nous ouvrent les dames quand elles veulent bien de nous dans leurs appartements. Si depuis j'ai appris qu'on sonne avant d'entrer, qu'il n'y a pas deux sonnettes qui font le même ding-dong, ce soir-là, je sais bien que c'est très égoïste, j'aurais voulu rester deux mille ans sans bouger.

John prend son autobus, je dis : « Je rentre à pied », difficile d'avouer que je ne vis nulle part, que je n'ai pas un sou pour payer la consigne où sont toutes mes affaires et je traîne dans les rues, mais j'aime traîner la nuit, je fais des kilomètres, je regarde les vitrines où s'étalent les chemises et les costumes cintrés avec poches à rabats qui m'iraient tellement bien mais qui sont tellement chers, plus tard à quarante ans quand on a les moyens de s'acheter tout ça, tout ça ne vous va plus, quelque chose est pourri au royaume de Danemark comme disait un copain à Stratford cet été.

À Tottenham Court Road, beaucoup plus prosaïque, j'entre dans un chantier et je trouve une tente qui sert aux architectes, mon vieil imperméable est troué de partout et la cravate en soie de mon oncle amiral ne tient pas vraiment chaud, je m'enroule dans les plans et j'essaie de dormir, sans doute le seul en ville à passer une nuit dans la tour Tottenham avant sa construction.

Vers cinq heures j'ai trop froid, je me mets à marcher tout le long d'Oxford Street mais je n'ai rendez-vous qu'à neuf heures pour le job que m'a trouvé le juge, j'en ai marre des vestiaires, moi ce qui me plairait c'est d'être « Grand Trieur Sur Volet de Jeunes Vierges » au Tibet ou ailleurs, mais je n'ai qu'un boulot de manœuvre chez Rochet, une épicerie de luxe au douze d'Old Brompton Street. C'est au coin du night-club où les petits Français viennent dépenser l'argent que leurs parents leur donnent, croyant qu'en revenant ils seront lord Byron, si j'avais quelques pounds je pousserais la porte, sûr d'y voir ma Nadine avec ou sans pilote, Londres est sans doute la ville la plus triste qui soit quand on se sent tout seul et qu'on n'a pas un sou...

CHAPITRE TROIS

Neuf heures pile, je transporte de grands sacs de café entassés dans la cour de l'épicerie Rochet, un nom pour faire français qu'ont pris les frères Rochman, Chaim et Mordicaï, rescapés des pogroms qui ont quitté Rostock en se faisant passer pour des marins pêcheurs. La journée terminée je demande une avance en ponctuant ma phrase de trois mots de là-bas et le tour est joué malgré les réticences du plus jeune des patrons, toujours mon air danois, mais j'explique que depuis quelque temps la maison fait de nouveaux modèles, des sabras, des shadlims, ces géants qui au nord mangent quatre loups par jour, et puis qu'en Éthiopie on a même retrouvé des Falashas tout noirs, ceux que la reine Balkis comme le Coran la nomme a eus de Salomon et que la Bible appelle plutôt reine de Saba. On me donne la moitié des dix livres-semaine, je fonce dans un Wimpy, les frites ne sont pas bonnes mais le ketchup gratuit est posé sur la table dans de grosses tomates rouges faites dans un plastique mou qui font des bruits obscènes dès qu'on les presse un peu. Ça amuse les serveuses qui savent qu'on les regarde, pensent que la dentelle noire sous une blouse en rayonne ça rappelle les vacances sur la Costa Brava, il leur manque la moustache et des poils çà et là pour qu'un crétin d'ici les croyant andalouses, espérant des nuits chaudes, les épouse, belle affaire, elles lui feront des frites et plein de bambins roux, je finis mon ketchup et m'en vais en courant. J'avais vu l'autre jour près de Lancaster Gate un panneau « Chambres à louer », alors je pousse la porte, c'est cinq livres et c'est cher sans petit déjeuner, il me manque trois shillings, je leur laisse ma montre, j'ai enfin une chaise et le lit sur mesure qu'on a fait pour Pierral, une vieille baignoire rouillée mais comme l'eau est rouillée, « ça ne gêne personne », d'après le chien de garde qui ajoute : « Y a des chambres à seulement deux et demi, toilettes sur le palier mais c'est des chambres doubles et je vois mal quelqu'un partager une chambre avec un type comme vous... » Passer encore une nuit dans ma tente de chantier ça ne me tente pas, alors je dis d'accord et en fin de semaine j'irai à Leicester Square récupérer la caisse que Titien-Fragonard a déposée là-bas. Ça m'arrive d'oublier de payer mon loyer, mais entre gens du monde il y a des manières de vous le faire comprendre sans risquer qu'un beau jour on vous défonce la tête et ça lui pend au nez. Je suis trop fatigué pour faire ce genre de choses, j'ai bien dû décharger cent sacs de cent kilos, je n'ai plus un penny, demain j'irai à pied, bien que l'Old Brompton Street ne soit pas à côté. L'odeur des grains qui grillent dans le torréfacteur ça vous plaît quelques jours et puis ça vous dégoûte, même encore aujourd'hui presque trente ans plus tard je déteste le matin cette odeur et je pars avec ma tasse de thé m'asseoir dans le couloir si on fait du café dans mon coin kitchenette.

Je m'occupe de moulins grands comme des lessiveuses, un qui moud les mokas avec une grille très fine, un autre qui ne sert que pour l'arabica, un dernier réservé aux hôtels qui reçoivent beaucoup d'Américains et qui moud très épais pour que l'eau passe très vite, les culs-terreux préfèrent l'expresso cul-terreux. La poussière de café entre dans les narines, les oreilles et s'incruste dans les pores de la peau, impossible le soir de s'en débarrasser, l'eau quand je prends un bain salit plus qu'elle ne lave. Je découpe des bries pour en faire douze parts, au millimètre près j'arrive à en faire treize, et celle-là je l'avale, imaginant une tranche de baguette parisienne et un verre de cahors, sinon ça paraît sec, le brie qu'on aime ici c'est le brie très plâtreux.

Le mardi je remplis des bouteilles d'huile d'olive qui nous arrive en vrac, je colle les étiquettes et ça me rappelle Vence, les voisins de mon père cultivateurs de fleurs qui m'emmenaient parfois au vieux marché de Nice, j'avais sept ou huit ans, je liais en bouquets surtout les anémones parce que c'est plus facile et quand les cloches sonnaient midi à la chapelle, la vieille Mme Barrière découpait des pains ronds qu'elle frottait d'une pointe d'ail, d'huile d'olive, de tomates, qu'elle saupoudrait de sel, c'étaient des pans-bagnats, « pains-baignés » en niçois, si vous voyez un jour appelé pan-bagnat un frisbee farineux d'où deux tranches de concombre, une olive, un œuf dur et un filet d'anchois essaient de s'évader, giflez donc le marchand, Mme Barrière est morte mais je suis encore là pour qu'en l'an deux mille vingt nos enfants sachent encore ce qu'est un pan-bagnat, héritage des bergers qui dans les transhumances devaient mouiller leur pain, rassis depuis des mois.

Un soir je rentre tard, la gueule noire de café comme un mineur de fond d'un puits de Marcinelle et voilà que Nadine vient frapper à ma porte, le chien de garde a dû décrire les arrivants. Elle partage une chambre avec une autre fille et se jette dans mes bras comme si de rien n'était. Je retombe amoureux à la seconde même et j'oublie Stirling Moss et toutes ses escapades, on passe alors la nuit à s'embrasser la peau, à se manger l'un l'autre comme deux jeunes cannibales.

Le lendemain matin je retourne chez Rochet en trichant dans le bus, ça consiste à monter dans la bonne direction en disant : « Holland Park » avec un accent turc quand le contrôleur vient et demande où on va. Il dit « Pauvre monsieur, mais c'est dans l'autre sens », on se fait expliquer ça bien deux ou trois fois avant de débarquer devant l'arrêt qu'on veut en lui faisant des signes et en disant merci.

Nadine est tellement belle que je n'ai pas dormi et je n'ai rien mangé à part une part de brie, je renverse un gros sac, le contremaître crie un mot comme « Coblaïmi ». Il a bien dix façons de dire ce « Coblaïmi », le « Coblaïmi » fort, viril et énergique quand il allume le gaz le matin sous ses grils, le « Coblaïmi » fâché quand il brûle une fournée, le « Coblaïmi » content quand on amène le thé à cinq heures très précises et le « Coblaïmi » las quand le soir il reprend sa blouse brune et retourne à Neasden en métro. Il rôtit du café depuis qu'il a vingt ans mais il jure que jamais il n'en a bu une tasse, moi j'ai mis quelque temps à comprendre ce qu'était « Coblaïmi », c'est en fait « God bless me » en cockney et que Dieu le bénisse de m'avoir bien souvent offert une cigarette quand je n'en avais pas, c'est pas vraiment grand-chose d'offrir une cigarette mais dans le monde entier quand quelqu'un en offre une ça a plus de valeur qu'un million de dollars, alors expliquez donc à tous ces docteurs fous que l'avenir du monde dépend des gens qui fument.

Edmond, chauffeur-livreur, vient de la Jamaïque, il fait venir des filles, il leur paie le billet et les place dans des bars, attention, très corrects, pas des bars où on monte, elles poussent seulement à boire, une livre par bouchon quand c'est le plein tarif pour les marchands de bœufs qui viennent du Devonshire et fourrent leurs mains partout. Elles préfèrent les coincés qui regardent leurs chaussures et pensent qu'une de ces filles dans un bar de Soho c'est vraiment bien moins cher qu'un billet pour les Îles, ils voudraient tant savoir l'effet que ça peut faire de toucher une peau noire, ils ont déjà bien sûr dit bonjour quelquefois aux collègues ougandais qui travaillent au bureau, mais ça c'est pas pareil parce qu'ils ont la peau claire à l'intérieur des mains.

La surprise passée, ils se disent qu'un nichon c'est toujours un nichon, mais ils n'avaient jamais dans leurs doigts de comptables tenu de tels nichons, ces demi-cavaillons qu'ont les filles à cet âge, et comme ils sont radins, le champagne est si cher, ils rentrent vite chez eux et renversent leurs épouses, qui s'appellent toutes « Pam » et qui boivent du chianti en rêvant d'Italiens sur la banquette en skaï, ils leur font les horreurs qu'à part un grand laitier qui ne travaille plus là personne n'avait osé leur imposer un jour. Si elles savaient pourquoi on les aime de la sorte, elles porteraient des fleurs aux petites Antillaises qui s'ennuient dans les bars quand leurs maris trompeurs passent leurs mains de comptables sur ces melons pas mûrs aux jolies pointes ardoise alors qu'elles elles déguisent sous des trucs transparents leurs vieux volcans éteints, couleur jambon fané comme on trouve sous plastique dans les stations d'essence, chapeautés de rondelles qu'un Napolitain myope pourrait prendre dans la brume pour de la mortadelle.

Son boulot, dit Edmond, n'est qu'une couverture au cas où la police fouillerait dans sa vie, il m'aime bien, si je veux m'installer à mon compte il peut vraiment m'aider, mais il me faut une fille, Nadine est partageuse mais moi bien trop jaloux, on décide sur-le-champ de m'en trouver une autre. Edmond a une idée, une petite Isabel qui s'ennuie à l'école et qui aime les grands blonds m'attendra samedi soir, rendez-vous à huit heures, on dînera avant. Ma fiancée chanteuse veut partir en week-end à Brighton chez des gens qui eux font quelque chose, moi je mouds du café et je pique dans les sacs, mais tout ça va changer avec mon rendez-vous, la gentille Isabel va nous faire tant de sous que les plus grands tailleurs, même ceux de Saville Row, ne pourront jamais suivre mes commandes de costumes, sans parler des manteaux avec cols en velours et des chemises brodées de mes trois initiales cachées derrière le col, sur la poche c'est vulgaire, la manchette doit casser juste au pli du poignet. Question voiture j'hésite entre vingt-cinq Packard assorties aux cravates que mon vieux majordome choisira le matin en fonction des saisons et une Aston Martin carrossée à Turin pour moi par Zagatto. Dans les coffres il y aura quelques plaids en cachemire tissés dans le tartan de notre île de Bara, vert foncé, ligne blanche, ligne jaune et bleu clair, une malle en osier pleine de verres de cristal soufflés à Murano à mon monogramme pour boire du clos-vougeot avec la jolie femme de Fragonard-Titien qui m'a foutu dehors sur le grand terrain vague qui aura remplacé sa maison payée cash et rasée aussitôt par de gros bulldozers pendant qu'il mendiera au métro Leicester Square.

J'ai acheté des roses, Edmond dit : « Jette-moi ça » en m'ouvrant grande la porte de sa baraque en ruine près de Portobello, juste en dessous du pont. On entend un combo qui joue ce qu'on appelle à Londres le « blue beat », une musique lancinante qui des années plus tard deviendra le reggae. Il a loué tout ça pour sa petite famille, son père, sa mère, ses sœurs et au moins vingt gamins qui vont dans tous les sens, déboulent des escaliers, sans compter les cousins, les cousines des cousins et un vieil oncle aveugle qui touche les fesses des filles dès qu'elles passent trop près, elles passent toujours trop près, ça fait partie du jeu.

On dîne dans le jardin au milieu des bidons, des ressorts de matelas, des carcasses de motos, Edmond me fait asseoir sur la seule chaise qui reste, les autres auront des caisses ou de vieux jerricans. Le repas terminé on amène Isabel, elle a des yeux marron à faire tomber par terre Joe Louis, Jack Demsey, Carpentier, Marciano, Cerdan, Ray Robinson, et Cassius Clay soi-même. La mère d'Edmond prenant la nappe aux quatre coins ramasse tout sur la table, les assiettes, les couverts, la casserole et les verres et puis emporte ça comme un grand baluchon, tout le monde disparaît et la belle Isabel s'assoit sur mes genoux. Des filles vous font l'amour rien qu'en vous regardant, d'autres ont l'air d'être nues sans qu'on les déshabille, Isabel, elle, m'entoure, m'enveloppe comme un poulpe de ses bras tentacules, de sa bouche ventouse, sa peau colle à la mienne comme la tunique d'Hercule, je deviens son amant sans que ses yeux marron ne quittent un seul instant les miens qui étaient bleus en tout cas ce soir-là, quelquefois ils sont gris.

Envoyer Isabel dans un bar me déplaît, je le dis à Edmond qui se fâche vraiment, et puis son père s'en mêle, ça finit en bagarre, avec du sang partout, je préfère m'en aller comme sait le faire ma mère quand les choses se compliquent, je quitte les frères Rochet, Nadine, Lancaster Gate, et je m'installe chez Serge, mon copain photographe un peu maître chanteur qui ne flotte pas encore avec un cran d'arrêt entre les omoplates.

Chaque soir il ramène une fille différente et c'est fait pour me plaire, on ne s'attache pas. On les partage en frères, on mange toutes sortes de choses dans le rayon traiteur de la grande supérette juste en bas de chez lui, cachés derrière les boîtes qui font des pyramides, on s'en va sans payer en disant qu'on n'a pas trouvé ce qu'on cherchait, le type est désolé, mais nous on le rassure, on reviendra demain... On est si bien comme ça que j'en oublie Nadine jusqu'à un certain soir où la fille qu'il ramène c'est justement Nadine et je dors à nouveau enroulé dans les plans de la tour Tottenham et le camion de blues se gare vraiment pas loin.

Ils demandent un portier pour le Circlorama devant Piccadilly, je crie sur le trottoir : « Show's on now, genlemen », je déchire les tickets, mais seulement un sur trois, je redonne les entiers à Jody à la caisse qui les revend tout neufs et on partage après. Elle et moi on s'entend tellement bien que souvent elle accepte que je dorme toute la nuit dans son lit, j'ai quitté mon chantier et quand j'y vais encore c'est que Jody reçoit, elle préfère les jeunes filles mais se laisse caresser, quelquefois, pas souvent, quand elle a un peu bu, dit que j'ai de belles mains presque des mains de femme et même parfois demande que je reste sur le dos mais surtout sans bouger, alors j'ai un peu l'air d'être un plat de choucroute que quelqu'un qui déteste a commandé quand même pour voir si par hasard il a changé d'avis.

Son frère tout le contraire chante au Mecca Dancing, un bal pour dames âgées et danseurs bien plus jeunes, il s'arrange pour que j'aie un des pupitres en trop qu'on garde pour les copains au Scott Anderson's Band. Ce n'est pas Ellington, mais là je porte enfin un smoking réversible trop petit de trois tailles, écossais pour le thé, le soir c'est côté blanc, et où je suis très bon c'est sur le *sol* tenu de « Water Melon Man » quand il faut souffler fort. J'aime tant la musique, mais mauvais musicien, je compense disons par un peu d'élégance et j'ai même remplacé un clarinette d'Athènes un soir à la Plaka, il enterrait son père et j'avais dit d'accord sans savoir que la gamme qu'on appelle « byzantine » n'a vraiment rien à voir avec celle de chez nous. Je souriais beaucoup aux touristes coincées qui quitte à prendre un Grec le préfèrent grand et blond, le patron m'a gardé après les funérailles.

Les gens des boîtes de nuit se connaissent tous entre eux, des clientes se sont plaintes qu'il leur manquait des pièces dans leurs sacs au vestiaire de l'endroit où Nadine et son groupe féminin massacraient des ragtimes. On me donne vingt-quatre heures pour quitter le West End, moi je veux quitter Londres et partir pour Bruxelles, voir ma mère et dormir deux cents heures d'affilée, son mari photographe et ami de Bartók a rejoint depuis peu mon équipe de fantômes, elle me trouvera bien un coin dans son salon, je n'ai que ma trompette et mon imperméable. Je suis passé chez Serge pour prendre mes valises, mon vieil électrophone et mon « Birth of the Blue », la serrure est changée, il n'habite plus là, tous mes tubes de peinture je les laisse au Saint-Anne, un night-club misérable tenu par un Pied-Noir et une vraie poupée blonde qui a de tout partout contrairement aux garçons dans les collèges anglais. Il est tricard en France et sans doute nostalgique il voulait que je fasse des fresques sur les murs, la Goulue, Valentin, des scènes du Moulin-Rouge, j'ai cloué sur le mur la poupée et bien sûr ça s'est su et j'ai dit un peu de mauvaise foi avoir entendu « frasques », mais il manquait d'humour, il a sorti son flingue et a tiré en l'air, a dû descendre un ange, on cherche encore le corps Shaftesbury Avenue.

Je voyage léger, je n'ai rien à porter, à la gare Victoria je salue la serveuse de mon petit snack-bar, je prends le train pour Douvres, le bateau pour Ostende, j'ai embrassé ma sœur, j'ai eu beau faire les bars, les clubs et les hôtels, les grands et les minables, ceux qu'on appelle de passe, ceux qui se disent de luxe, ceux qui ne s'appellent pas, cachés dans les sous-sols de l'East End où s'entassent tous les paumés du monde, les nègres et les hindous, les chanteurs écossais, les mauvais trompettistes et les Jamaïcaines que tous les maris soûls des femmes qui s'appellent « Pam » trouvent déjà trop âgées à peine qu'elles ont vingt ans, qui ont perdu leurs dents à cause d'un bel Edmond, à cause de trop de poudre ou de mauvais champagne et qui se font câlines pour une demi-couronne à genoux sous un porche devant un pauvre type qui a aussi une « Pam » qui avant était belle mais qui joue au Loto tous les après-midi, qui passe dans tous les pubs et descend tant de bières qu'aujourd'hui elle ressemble à un tas de saindoux avec tellement de plis que quand il veut de l'eau il ne trouve plus le puits alors il donne une pièce pour ce genre de baiser et croit quelques secondes en regardant le ciel et en tenant le zinc d'une descente de gouttière qu'il est Ivanhoé à l'instant du tournoi, sauvant la reine Guenièvre.

J'ai fouillé toute la ville sans trouver ma Guenièvre, le train démarre enfin et mon camion de blues s'est sans doute accroché à son wagon de queue...

CHAPITRE QUATRE

La mer aime ceux qui l'aiment, elle sait que c'est mon cas, elle voit que ce matin je voudrais rester seul alors elle fait des vagues et envoie aux rambardes toute la malle Ostende-Douvres. Les marins vous diront qu'elle est plus turbulente que ces filles un peu folles qu'on rencontre parfois après dix heures de route et veulent d'un coup de reins vous coller au plafond, sautent dans tous les sens et vous donnent l'impression qu'on joue au bilboquet, ils vous diront aussi qu'elle peut être cruelle, mais aussi bien plus douce qu'une geisha du Japon qui vous sert du saké, des tempuras de seiche et le tout sans les mains et le tout sans les pieds. Ils vous diront peut-être, ça c'est quand ils ont bu, qu'on devient très jaloux quand on voit le sillage que laissent d'autres bateaux, que c'est vraiment pareil qu'une griffure sur la peau d'une petite Pénélope qu'ont dû faire d'autres ongles pendant nos odyssées.

Aujourd'hui elle m'invite à danser tout d'abord une gentille milonga, puis un de ces tangos à décrocher les lustres et quand on est au large commence son rock and roll, c'est « tangage et roulis » en anglais je sais bien, je suis presque bilingue, pas encore lord Byron, mais là c'est vraiment « rock » et même vraiment très « roll », le barman dit : « Sers-toi » (les Flamands se tutoient, comme les Arabes entre eux qui voussoient les Flamands, voulant être polis et sont vraiment vexés quand ceux-ci leur disent « tu »). Il rejoint les touristes qui sont mal sur le pont, je débouche une bouteille quand une jolie princesse d'à peine sept ou huit ans me voit derrière le bar et commande un hot dog. Shakespearien des saucisses je connais mon affaire et j'en prépare deux grands qu'on mange derrière la vitre en regardant la côte de la Belgique au loin. Elle voudrait une histoire et j'invente Nicolas qui brûle un bout de nappe en jouant seul chez lui avec des allumettes, il est très embêté et va se faire gronder alors il met le feu à la maison entière, ce n'est pas très moral mais ça a l'air de plaire à ma petite copine surtout quand les pompiers arrivent avec l'échelle et que ses parents pleurent à la télévision. Elle s'endort dans mes bras, on arrive à Ostende, cette petite princesse blonde est sans doute la seule chose que de toute ma vie j'aurais voulu voler.

Je n'ai jamais volé que par nécessité à part un briquet toc, un Ronson plaqué or, dans un tabac de luxe des Galeries Louise, mais j'ai eu des remords, quand je suis revenu le remettre à sa place ça s'était transformé en boutique de parfums. Le Ronson plaqué or a fini à Dakar, dans la poche d'un playboy qui m'avait fait les poches et doit donner du feu aux touristes fessues vissées aux tabourets d'un quelconque Méridien. Un soir la tabagiste, ou dit-on tabatière, des Galeries Louise à qui je l'ai volé voudra voir l'Afrique noire en tour organisé et dira :

« Beau briquet » en tendant sa Craven à un jeune élégant qui l'aimera vingt fois dans les palétuviers au bord de la piscine, bizarre, il s'en ira dès l'étreinte finie, sans doute une vieille coutume et reviendra plus fort et encore plus viril, elle ne saura jamais qu'elle a gardé son âme mais a donné son corps à presque tout l'hôtel, au Sénégal la nuit tous les amants sont noirs comme on dit par ici que tous les chats sont gris. Si je comptabilise tous mes larcins passés, à part ledit briquet on trouve quelques tablettes de chocolat au lait et un saucisson sec mais ça c'est autre chose, digne d'Arsène Lupin, et devrait figurer dans les annales du crime. Dans un supermarché d'un camping de la côte, je n'étais qu'en maillot en nylon très moulant, j'ai emporté l'objet disposé de façon que la caissière pense que j'étais troublé par sa robe échancrée où se laissaient aller non pas des cavaillons mais des cantaloups mûrs dont elle était très fière.

Bruxelles à cette époque est une nouvelle Babel, on y parle vingt langues, plus tard des imbéciles imposeront la leur, un bien triste patois, bientôt même les pigeons qui roucoulent Grand-Place devront sous peine d'amende faire la cour en flamand et Bruxelles va mourir et la Belgique « avec » comme on dit par là-bas en « echte brusseleer », Dieu que je leur en veux d'avoir tué cette ville. J'arrive au bon moment, on y trouve des Lapons que Paul-Émile Victor a dû oublier là après une conférence et d'anciens Bourguignons descendant des soldats de Charles le Téméraire, les filles des Espagnols du temps de Charles Quint, des Noirs américains restés après Bastogne où je dois justement aller dans trois semaines.

On trouve aussi beaucoup de Grecs et d'Italiens, des musiciens de jazz et quelques déserteurs qui ont fui l'Algérie et puis des mercenaires qui reviennent du Congo et qui portent des colliers faits d'oreilles watusi découpées au combat, mais tout ça bon enfant comme cette vente aux enchères au café du Kivu du crâne de Lumumba, militant africain, qu'un riche ancien colon s'est payé pour s'en faire sans doute un cendrier. Moi je passais par là mais n'ai pas fait d'enchère. Je n'avais pas seize ans quand j'ai vu sa photo punaisée sur le mur des Anges noirs, c'est une boîte que tenait Fonseca, il me laissait jouer trois notes dans son orchestre, aujourd'hui j'y retourne et le vieil homme est mort, mais sa femme mauricienne me reçoit comme un fils, je dîne là tous les soirs sans sortir un centime, elle me présente sa nièce et veut qu'on se marie, on dort dans la soupente au-dessus de la boîte, on descend pour dîner en se mangeant des yeux, on avale tout très vite, on remonte aussitôt.

Fatou est si volage, même plus que ma Nadine, je pars donc en courant comme à mon habitude, j'abandonne les babouches de Monsieur Fonseca que m'a données sa femme, et le cari-poulé, les ti-punchs, la tendresse, les caresses de la belle et retourne chez ma mère qui n'est pas très ravie.

Comme elle a dû revendre le grand piano Pleyel j'ai vraiment de la place pour dormir au salon mais je sens que je gêne parce que je rentre tard, je me lève toujours quand les autres se couchent, je déjeune quand ils dînent, je travaille quand ils dorment, je dors quand ils travaillent, j'épouse quand ils divorcent et j'ai fait une demande pour voir si c'est possible que je puisse renaître à chaque fois que je meurs.

Nous habitons au dix rue des Champs-Élysées, une rue assez modeste malgré son nom pompeux, au douze vit un baron, grand directeur de banque, amateur de jeunes gens, je préfère la baronne du baron du quatorze, je dois être le seul dans toute cette maudite rue à ne pas posséder un titre de noblesse.

Elle se languit tellement d'un amour italien que sa mère n'aimait pas à cause de sa moto, alors elle se console en faisant au baron plein de petits barons dont une belle baronnette et puis sort tous les soirs, moi j'accroche mon wagon, on prend sa Simca Mille et on écoute du jazz, elle choisit mes copines mais elle est difficile donc je dors souvent seul et finis dans un bar nommé Petit Bruxelles qui ne ferme jamais ou en tout cas sans moi.

C'est un café sinistre où les sièges s'effondrent, le seul bar où j'ai vu les cartons ronds qu'on met normalement sous les verres être posés dessus à cause de la poussière. C'est tenu par Edwin qui a connu Coltrane, il est déjà cintré en sortant de son lit, Valia sa carabosse qui ne l'engueule qu'en russe a une photo du tsar qu'elle ne quitte jamais cachée sur sa poitrine, sous sa robe toujours noire depuis l'année dix-sept. Un géant de deux mètres qui la couve des yeux fait un peu le ménage quand des gens fatigués veulent en venir aux mains, juste à gauche en entrant s'assoit le « Colonel », en tenue militaire démilitarisée, il parle bien l'anglais même dans l'état d'Edwin et raconte des histoires de lanciers du Bengale. À côté se tiennent Mike, Marocain un peu trouble, et puis Hubert Mottard, poète, ami de Norge qui peut rester deux heures totalement immobile avec un verre en main, serré dans son blouson d'une couleur qui n'existe dans aucun arc-en-ciel. Quand j'amène une jeunesse il récite un poème et puis très posément nous explique que l'hôtel c'est plus intéressant si on y va à trois.

Et puis il y a Jerry qui chante dans les cafés et habite juste au coin dans un grand atelier, une ancienne salle de danse qu'on pourrait partager d'autant plus qu'il n'a plus un sou pour le loyer, l'endroit est gigantesque il faut seulement meubler, mais cette ville ressemble à ces villes orientales où on trouve ce qu'on veut sans bouger de sa chaise, assis chez le barbier on passe sa commande, on demande un vélo, on vous apporte une chèvre mais en négociant bien on peut avoir les deux, le vélo et la chèvre, la chèvre et le vélo, et même en insistant ce n'est pas impossible qu'on vous amène une chèvre qui sache faire du vélo.

Je suis aussi fauché que mon nouvel ami alors il faut chercher un troisième locataire qui paierait le loyer sans être souvent là et nous dénichons vite dans un café en ville un type nommé Barlich qui descend d'une famille illustre au Luxembourg, il fait de la gravure et il adore l'endroit alors le lendemain il amène tous ses meubles.

Ils sont d'un joli style gothico-ardennais et si Jerry préfère un divan dépliant, moi je dors dans un lit en chêne plus que massif dans lequel l'ébéniste a sculpté, inspiré, une scène de chasse à courre. Au-dessus de la tête se dressent les bois d'un cerf, tué sans doute au temps de Godefroi de Bouillon, voilà que j'ai les cornes de toutes mes infortunes comme on disait jadis quand la femme qu'on aimait partageait avec d'autres les pleins, les déliés qu'on se croyait acquis, je pense aux tons pastel de ma blonde d'Angleterre, à ceux d'encre de Chine de ma brune de Bruxelles, sans compter toutes les autres sans doute encore plus chiennes mais sans doute plus discrètes et je m'endors tout seul au milieu de ma meute, me disant que ces chiens figés depuis des siècles seront bien plus fidèles que toutes mes fiancées.

C'est dans ce monument que toute la dynastie des Barlich-Luxembourg a dû se perpétuer, certains ont dû y naître, certains s'y sont éteints, certains s'y sont aimés et j'ai honte d'avouer qu'un soir je l'ai brûlé dans notre cheminée mais il gelait très fort, les autres meubles avaient flambé depuis longtemps et le truc de Jerry qu'il appelle le programme « Luttons contre le froid » ne marche pas toujours. Ça consiste à séduire une petite grassouillette et à attendre qu'elle s'endorme pour ouvrir la fenêtre en retirant bien sûr édredon, couvertures, dans lesquels on s'enroule : il faut compter une heure pour une de ces grippes simples, une heure vingt, une heure trente si on veut une bronchite et là elle vous réchauffe pendant plus d'une semaine à trente-neuf degrés cinq. L'idée n'est pas mauvaise, disons l'idée en soi, mais c'est aléatoire. J'ai fait quelques bistrots, repéré un loukoum, il faut qu'elle soit du genre mou et enveloppant. Celle que j'avais trouvée était tout à fait ça, c'était un négatif d'anorak en kapok, je la ramène chez nous dans mon lit des Ardennes, lui fais faire le parcours complet du combattant, mais c'est moi qui m'endors, elle qui part en pestant, me traitant de minable, plus les filles se sentent moches plus elles font des problèmes, les déesses que personne n'ose même approcher sont de vraies amoureuses, elles disent « oui », elles disent « non » ou quelquefois « peut-être » mais toujours avec cette adorable élégance qu'ont les gros chiens qui savent qu'ils vous tuent quand ils veulent et vous mordillent les doigts avec délicatesse.

Les toilettes sont bouchées en bas de l'atelier alors de temps en temps je vais au Bodega juste en face de chez moi, c'est comme un Chaton-Bar mais à la bruxelloise, je passe souvent devant avec ma vieille Couesnon, les « filles » du monde entier aiment bien les musiciens, qui vivent aussi la nuit et que les gens méprisent, on leur glisse un billet dans la poche du smoking pour qu'ils jouent « Tea for Two » ou une sottise comme ça, après tout elles et nous on fait le même métier, Bessie Smith, Nat King Cole, on a tous au parking le même camion de blues.

Elles m'offrent du café, je finis le champagne des clients quand elles montent, elles me racontent après, je croyais être un homme déjà très dépravé quand je poussais la porte d'une mignonne sous sa douche, mais là c'est autre chose, certains veulent qu'on les lange, d'autres aiment être fouettés avec un soutien-gorge et qu'elles crient « hue cocotte » à cheval sur leur dos, sans parler des objets qu'ils amènent avec eux dans leurs attachés-cases. Parfois une petite Louise qui a fini ses heures et au moins dix clients veut rentrer avec moi, elle achète une bouteille au bar à prix coûtant, s'endort tout habillée et suce un peu son pouce allongée dans mes bras pendant que moi je joue.

La trompette dans les bars et dans les restaurants

ce n'est pas l'idéal pour aller faire la manche alors Jerry essaie de m'apprendre la guitare et on part vers huit heures dans le bas de la ville, moi je ne fais encore que semblant de gratter alors quand il s'arrête j'ai vraiment l'air idiot. Il chante, je fais la tierce, on attend qu'une gamine demande « Jeux interdits », c'est notre « Tea for Two », elle est tellement émue que le papa se doit de sortir un billet qui paiera les sandwiches chez Oscar au Welkom où la grosse Alida oublie de nous compter au moins un verre sur deux. Ou bien des moules et frites chez *Janine et Pierrot,* on mange à volonté, Janine a ses humeurs, Pierrot dort sous une table, avant d'être servi ça peut durer trois heures, ça peut durer mille ans, on a même retrouvé un lendemain matin un client endormi dans le fond du bistrot qu'on avait oublié devant son assiette vide.

C'est un quartier bizarre, et même assez violent, de voleurs de voitures et de voleurs tout court, petite rue des Bouchers est une rue de western avec ses deux saloons, le Welkom, chez Oscar, et puis la Gueule de bois, où traînent des cow-boys et quelques vrais tueurs dont un ancien boxeur tellement sentimental qu'il pleure quand Jerry chante « Complainte du roi Renaud », il la lui chante dix fois sous menace d'uppercut et quand sa voix se casse, là il le lâche enfin. Il y a Peter l'Indien qui se prend pour un Sioux et puis derrière le bar Maurice dit « le Morre », qui lui joue du wash-board chez les Haricots-Rouges, et puis Guido-la-Glue dont la tête finira fracassée sur les marches des remparts d'Ibiza, et aussi Yann Ray-Ban qui n'aime pas qu'on l'ennuie, l'autre jour un crétin qui passait en voiture l'a frôlé du pare-chocs et comme Yann l'engueulait il a sorti son bras mais Yann l'a attrapé, s'est retourné vers nous, assis dans le bistrot, il a crié très fort : « Bon pour l'hôpital » avant de le briser sur la portière ouverte.

Plus loin il y a des rues avec des boîtes d'homos et des bars un peu louches, j'en ai décoré un pour le vieux Cyrilli qui tenait un café quand j'étais au lycée, il parlait de Provence, m'offrait des œufs au plat, disant : « Tout est payé, et puis tout ce qu'on donne est rendu au centuple », je suis sûr que c'est vrai, mais mon Dieu dites-moi qu'est-ce que mon Cyrilli va faire d'un million d'œufs quand vous les lui rendrez...

Son frère est un gangster qui arrive de Marseille le jour de l'ouverture avec tous ses copains en costumes pied-de-poule et en borsalinos quand tout à coup débarque une petite foule de folles, il avait acheté son petit cabanon sans doute l'après-midi, ne pouvant pas savoir quelle faune y traîne le soir, Notre-Dame-de-la-Garde que j'ai peinte en trompe l'œil a dû lui pardonner mais sans doute pas son frère ni les « fratellini ».

Faire la manche ça me plaît mais disons à moitié, j'ai écrasé la tête d'un type dans son assiette pour un mot de travers et Jerry décide donc qu'on doit faire autre chose, on anime en musique le goûter d'Écaussines, goûter matrimonial où les gens se rencontrent, là aussi ça finit relativement mal parce qu'un Anglais voudrait m'acheter ma Louise qui a quitté son job et habite dans mes bras. On devient cascadeurs d'un Disneyland local, on fait de fausses bagarres où je tombe des toits, le soir on est chanteurs, on joue « Sweet Clementine » dont la meilleure version reste encore à ce jour celle que

Montand et moi avons interprétée, près de la place Dauphine, dansant un pas de deux à minuit pour sa belle, été quatre-vingt-trois.

Mike, le Marocain trouble, a un stock de traverses revendues soi-disant par la S.N.C.B., on décide unanimes de se faire antiquaires, on va faire du rustique, des tables et des consoles, Jerry scie à mesure et j'assemble tout ça à la pointe de Paris cachée avec un clou en faux métal forgé que Mike vole à l'Inno, il tire des chevrotines pour imiter les trous qu'auraient pu faire des vers, son système de patine restera secret, il y a du brou de noix mais aussi d'autres choses et je l'ai vu un jour accroupi sur une table, les toilettes sont bouchées jusqu'à la mer du Nord.

Nos meubles se vendent bien mais comme Mike est inscrit sur une liste de chômage, il est bien obligé pour sa carte de séjour d'accepter un travail de conducteur de tram, ici on dit « wattman », encore un nom flamand d'origine écossaise. Alors Jerry et moi on devient « papillons » dans une grande production de l'Opéra local, c'est *Daphnis et Chloé* ou quelque chose comme ça et on vole, on butine pour sept billets par soir. À la porte de Namur, c'est au coin de chez nous, on dépense notre paie quand un tramway s'arrête, le conducteur descend et s'assoit à la table, c'est Mike qui nous a vus et qui vient boire une bière et puis deux et puis trois, pendant qu'un et puis deux et puis tous les tramways de la ville de Bruxelles, les uns derrière les autres, attendent qu'il ait fini.

Là s'achève sa carrière qui commençait à peine, quant à mon avenir en tant que papillon, il paraît compromis, j'ai reçu une lettre arrivée chez ma mère, je suis américain puisque né à New York et je dois aller faire mes trois jours dans l'armée cantonnée près de Bonn, en France on appelle ça « Conseil de révision ». En fait les forces U.S. veulent fêter la victoire qu'ils avaient remportée il y a juste vingt ans sur les troupes nazies à Bastogne et pour ça il leur faut quelques hommes habillés en G.I. qui parlent un bon français, parfois des journalistes veulent poser des questions, de Gaulle vient de jeter l'Otan hors de la France, une de ses vieilles rancunes qui datent de Yalta et la guerre du Vietnam va bientôt commencer, il ne fait plus très bon d'être un Américain. Ils ont bien deux Cajuns qui viennent de La Nouvelle-Orléans, personne ne les comprend, pas même les Québécois, alors ils cherchent ceux qui vivotent par ici, moi je lis mal la lettre et je crois vraiment que je m'en vais pour trois ans.

On fête donc mon départ, tout le Petit Bruxelles, la baronne et Jerry, Mike et Hubert Mottard, m'amène jusqu'au quai où je monte dans le train, mais décision est prise, on ne peut pas laisser un jeune homme affronter la vie de la caserne sans un homme de conseil, le « Colonel » doit donc en qualité précise d'attaché militaire m'accompagner là-bas. Une collecte rapide rassemble la monnaie pour payer son billet, arrivés à Namur, arrêt de trois minutes, il descend boire un verre, comme il ne revient pas je pars à sa recherche, on a loupé le train, me voilà déserteur.

CHAPITRE CINQ

On me cherche une « planque », il faut un coin tranquille, un endroit très discret, une sorte de bout du monde où personne ne retrouve un marin déserteur parce que l'armée U.S. m'a déclaré marin, il faut un trou perdu, on choisit Saint-Tropez. On part sans ma Louise qui n'aime pas voyager, Jerry, moi, la baronne qui renaît dès Valence parce que son Italien lui semble un peu moins loin, arrivés sur le port on gare la Simca Mille et on mange des saucisses en terrasse au Gorille. Les saucisses me poursuivent toujours dans mes voyages mais je vois mal comment Victor Hugo lui-même parlerait de saucisses le soir à Saint-Tropez me suivant au Gorille, quand on parle de choses graves autant être sérieux.

À peine à la terrasse voilà que la baronne tombe dans les bras d'un beau capitaine allemand qui lui chante à l'oreille « So viel traumen », on dort sur son bateau pourri, l'*Albatros* échoué sur la plage des Salines, Jerry, lui, a séduit une ancienne religieuse qui vient de Pomona, c'est en Californie, et qui passe ses vacances avec une grosse copine, plus grosse que toutes les « Pam », il n'y a qu'un canot qui doit faire trois voyages, ça se passe comme ceci :

l'Allemand et la baronne arrivés sur le pont nous renvoient le filin, Jerry, sa religieuse prennent alors le canot et le renvoient pareil, nous on monte et on coule, la fille est bien trop lourde, on arrive à la nage, sa copine veut l'aider, coup de vent, coup de bôme sur la tête, je repars, je dois aller chercher dans leur vieille Volkswagen la boîte urgence-secours, les pansements d'Europe ça elles n'ont pas confiance, quand je reviens enfin, la religieuse ne porte qu'un turban sur la tête façon Ava Gardner dans *Comtesse aux pieds nus* et fait du rodéo, la baronne a sans doute, elle, gardé ses chaussures comme elle est très pudique, elle ne me sauve pas de la grosse qui voyant presque tout le monde à poil croit bon d'en faire autant et m'attend tout offerte sur le moteur diesel. J'ai tout à coup besoin d'une piqûre d'insuline, je replonge aussitôt même si l'eau est glacée, je dors dans une remorque qui traîne sur le parking, d'un bon coup de canif je crève un des deux pneus pour être bien sûr qu'on ne me ramène pas vers Bastogne, vers ailleurs, j'en ai marre des voyages pour au moins quelques jours.

Cascabel de Oro joue dans tous les cafés, ça pose quelques problèmes, il nous agresse un peu et demande ce qu'on fait, Jerry lui joue « Angie », pas celui de Jagger, un autre, instrumental, pas très dur à jouer mais très impressionnant, c'est d'Alexis Korner, ça plaît bien au gitan qui lui demande même de le recommencer. Bon, on est des « gadjé », c'est « gringos » en manouche, mais on touche bien les cordes, « Vamonos a tocar » ou un truc approchant qu'on ne comprend pas bien mais on est très contents d'être un peu acceptés. Quatre *Jeux interdits*, on a assez pour vivre jusqu'au lendemain soir, on retrouve Cascabel et ses nombreux cousins, on fait de grandes tablées aux terrasses de la Ponche, on commande des langoustes, du vin et des cigares, on chante flamenco, Brigitte Bardot dîne là et commence à danser au milieu de la table pendant que les touristes qui mangeaient une pizza qu'un discobole antique refuserait de lancer et nous ont tout à l'heure donné du bout des doigts une malheureuse piécette nous regardent, consternés.

Elle est en ce temps-là la plus belle femme au monde, je l'ai vue nager nue un jour dans la piscine de l'ami de mon père tout en haut de Saint-Paul, j'avais treize ans à peine, un poète disparu débouchait du champagne, il m'a tendu une coupe et avec son stylo m'a écrit un poème dans la paume de la main, puis il m'a emmené à travers les bambous, disant : « Fais pas de bruit, tu vas voir quelque chose », ce quelque chose était le plus beau quelque chose que j'ai vu de ma vie, j'avais donc découvert, tout ça en dix minutes, l'ivresse que peuvent donner un verre de vrai champagne, deux lignes de poésie et la beauté d'une femme.

Jerry et la baronne restent sur l'*Albatros*, moi Cascabel m'invite comme il me sent paumé, on rentre en Cadillac, c'est une Eldorado décapotable et rose de huit mètres de long conduite par Bouglione qui a son chapiteau au carrefour de la Foux où il y a maintenant une sorte de Luna Park. Il a deux grands guépards qui nous laissent peu de place, Bouglione aime les fauves, il les tient dans ses bras et on roule dans la nuit comme font les Mexicains, vraiment très lentement et la radio à fond. La caravane est juste à côté du camion où sont les cages aux lions, une caravane immense où pend au plafond un lustre vénitien. Cascabel vide ses poches dans un grand saladier, sort quelques vieilles bouteilles et me tend une guitare. Je ne joue pas encore assez bien pour le suivre, mais je m'accroche au thème et comprends les accords, il n'est peut-être pas un grand guitariste mais c'est certainement un très grand magicien. Les guitares changent de main tout au long de la nuit, quand il va se coucher quelqu'un d'autre le remplace, moi je passe la mienne et m'endors dans un coin, le lendemain matin, c'est toujours le même thème que jouent des musiciens totalement différents. Les enfants piquent et piochent dans le grand saladier au gré de leurs besoins, un chewing-gum, un Coca, on ramène vers dix heures un tout petit monsieur qui ne sachant pas bien ce que coûte une glace avait pris une liasse de billets de cent francs, on engueule la marchande, après tout les bébés peuvent se balader avec une brique sur eux...

La baronne et Jerry repartent pour Bruxelles, le Bruxellois voyage assez mal tout compte fait, au bout de deux-trois jours, en manque comme un drogué il veut revoir sa ville, je me retrouve seul et je suis trop timide pour aller faire la manche même dans un restoroute, je salue Cascabel et aussi ses cousins, ça prend bien quelques heures tellement ils sont nombreux. Moi la ville qui me manque c'est Paris, j'y retourne, mon grand-père le consul m'a fait faire un passeport et je deviens sujet d'une Gracieuse Majesté au lieu d'un cul-terreux en route pour le Vietnam. Après tout j'ai le nom d'un sujet britannique, je ne vois pas pourquoi j'irais faire une guerre dans un pays lointain que je ne connais pas et que j'aurais du mal à trouver sur une carte. J'avoue que bien plus tard quand tous les réfugiés sont partis sur la mer, tués, violés, pillés, j'ai eu honte de ne pas avoir aidé un peu, quand je croise à New York un mutilé de guerre qui mendie dans sa chaise et doit avoir mon âge, là j'ai les larmes aux yeux.

Ma mère très gentiment m'a trouvé un boulot chez les films Jean Mineur où un copain à elle me loge dans sa soupente et je passe mes journées accroupi sous une table à faire tourner un globe terrestre et polychrome, c'est image par image, je le visse d'un cran d'un demi-millimètre dès qu'on a dit : « Photo ! » et quand la fille Larousse en robe transparente va souffler doucement sur son vieux pissenlit disant d'une voix d'hôtesse et en surimpression, le « Je sème à tout vent », je suis juste en dessous, j'aime bien les dessous, je suis, disons espiègle, elle n'aime pas qu'on le soit et me voilà viré.

Je laisse là mes valises et je traîne dans la ville, mais les filles de Paris sont bien plus accueillantes que celles qu'on trouve à Londres et je dors dans des lits. Et puis un soir je passe boulevard Saint-Germain, je croise mon copain Serge, le beau maître chanteur qui a dû quitter Londres pour raisons imprécises et convoie à Lausanne un grand groupe d'Italiens qui veulent voir les nudistes, il y a un camp là-bas, je sais, ça fait sourire maintenant que c'est dur de trouver sur une plage quelqu'un qui soit vêtu de plus d'une ou deux gouttes de sa lotion solaire. Comme je parle provençal, c'est proche de l'italien, il m'engage aussitôt, je chante « Jacoulino » dans le micro de bord en passant vers Auxerre, l'autocar explose à l'embranchement de Beaune, que faire de tous ces gens qui ont payé d'avance, je propose de courir et le plus vite possible, mais faire du stop à deux c'est vraiment difficile alors on se sépare et j'arrive à Genève, lui part dans l'autre sens, mais c'est un type comme ça, il va chez Jean Mineur pour piquer mes affaires, moi je traîne sur le quai devant le grand jet d'eau, je survis quelques jours à la gare d'autocars où descendent les jeunes filles des collèges élégants qui visitent la ville, je choisis la plus laide et je lui fais la cour, comme elle est tellement fière devant toutes ses copines de revenir ainsi dans les bras d'un jeune homme, je lui tape quelques pounds, je l'embrasse tendrement, elle remonte dans le car, elle est Greta Garbo.

Un type me suit déjà depuis deux ou trois heures, je le traite de pédé, c'est un flic fédéral, et n'avoir pas un sou à Genève c'est mal vu, je retourne en prison, une très jolie prison, un centre de triage, les repas viennent d'en face, tous les jours escalope milanaise avec pâtes. À la bibliothèque à part des Simenon que j'ai dû lire cent fois, on trouve en illustré *Le Général Guisan*, de Gaulle façon Vaudois, la vie de Guillaume Tell, quant à Jean-Jacques Rousseau que j'aimerais bien lire, il reste la couverture, le papier est trop fin, on a dû l'employer à des fins bien moins nobles. L'escalope milanaise à tous les repas lasse alors j'appelle ma sœur, une autre demi-sœur qui vit à Berne ou Bâle, où son mari dirige l'équivalent du Louvre et quand je dis son nom on m'amène à la gare avec ticket première et voiture de police. J'offre quelques fendants aux cerbères qui me gardent avec les quinze francs suisses que le rasoir Philips avec ses têtes flottantes m'ont permis d'emprunter et ils repartent ivres en tanguant dans la gare, ma sœur n'est pas à Bâle mais son mari trouillard m'achète un aller simple Bâle-Belgique en pullman, un soir de réveillon j'avais failli réduire son beau chalet en cendres, une histoire de bougies pour séduire une petite, je voulais faire « ambiance », le rideau a pris feu, il m'aime bien, j'en suis sûr, il m'aime bien, mais de loin. Quand j'arrive à Bruxelles, ma Louise est partie, elle ne m'attendait plus, Oscar dans son Welkom s'est pendu au plafond, l'atelier est loué à un marchand de bottes, Jerry vit chez sa mère et je dors bien tranquille dans mon camion de blues.

Chez Jean Mineur j'ai dû attraper le virus que von Stroheim appelle « virus du Cinéma », on va donc faire des films, on commence demain, tout le Petit Bruxelles veut bien participer. On a vu ce soir-là une sottise au Monty, *Le Tigre aime la chair fraîche,* avec Roger Hanin, on va faire *Le Puma préfère la viande hachée,* Jerry trouve un hangar à la gare du Midi, moi je joue le Puma avec mon vieil imper rescapé des chantiers de Tottenham Court Road, Jerry joue le mauvais, s'appelle « Charlie Chulo » du nom qu'ont les apaches des rues de Barcelone, ses hommes de main sont Mike, bien sûr le « Colonel » et Barlich qui s'avère être un professionnel, il s'est rasé le crâne pour faire plus terrifiant et s'exerce à lancer des couteaux sur les murs. La baronne est la belle qu'évidemment je sauve, il y a des cheiks arabes qui voudraient le secret d'une bière Super-Soulvitt, et des rebondissements, un hommage à Godard qui consiste en une scène où

Barlich tourne autour d'une échelle sur laquelle je peins le ciel en bleu, c'est symbolique, on filme tout ça en noir et blanc, le futur spectateur devra imaginer. Je construis les décors et on s'inscrit déjà à la Cinémathèque pour le festival du Film expérimental qui se tient cet hiver au casino du Zoute.

J'ai retrouvé Louise, elle dort suçant son pouce dans le grand lit en cuivre que Jerry m'a trouvé chez Froidcœur, ferrailleur où il revend la fonte des radiateurs cassés. Ça paye la pellicule, le vin chez Henri-Vins, les rollmops mayonnaise et les frites du camion sous le tunnel des trams de la gare du Midi, les meilleures de Bruxelles quoi qu'en dise Picha, mon ami de la boîte où je joue du free jazz quand on ne tourne pas, un inconditionnel de la friture au coin de l'ancienne place Flagey qui s'appelait Sainte-Croix, maintenant il faut dire : « Het frituur van de coin, Flagey Plein » sinon gare. Il a un chien, Albert, qui est toujours bourré et boit même de la bière dans les casques des gendarmes qu'on soûle quand vers minuit ils viennent verbaliser parce qu'on joue bien trop fort et vendent en stoemelinks, « en douce » en bruxellois, presque toute leur caserne et me prêtent pour le film des mitraillettes Thompson. Jerry échange alors avec un sergent-chef un stock de couvertures militaires pour chevaux contre une brève nuit d'amour chez la grosse Alida qui depuis qu'au Welkom s'est suicidé Oscar fait son argent de poche un peu différemment.

Son idée est de faire du hangar un hôtel pour voyageurs fauchés, une vague de beatniks ayant lu Kerouac déferle sur la ville en route pour Amsterdam où on trouve du haschich à tous les coins de rue. Mike assis à l'entrée distribue les parcelles de deux mètres carrés définies seulement par un trait à la craie, c'est vingt francs pour une nuit, trente-cinq avec repas, uniquement du fromage que ramène Barlich, sa mère tous les mardis fait ce qu'elle appelle une grande « fromage-party », elle invite cent personnes qui amènent un fromage, une bouteille et du pain, ils vident les bouteilles et le soir lui emporte le pain et les fromages que personne n'a touchés.

L'hôtel-hangar est plein et ça pue tellement qu'au bout de quelques jours je m'installe sur le toit mais ma Louise a froid alors Mike leur demande de se déshabiller, il emmène leurs vêtements, les tee-shirts, les blue-jeans jusqu'au Wash'O-matic, c'est la maison qui paie, et pour trouver l'argent il a la bonne idée de cacher le loden que sa mère pour Noël a offert à Barlich, il doit dîner chez elle, elle risque d'être fâchée de le voir sans manteau, Mike dit : « Donne-moi cent balles, je te trouve le même » et reste dix minutes au coin de l'avenue puis revient triomphant et lui rend son loden, Barlich, les larmes aux yeux, l'embrasse presque à genoux.

Une heure passe et puis deux et puis quatre et puis six, moi je connais mon Mike, c'est comme avec les trams, il a tout dû laver et puis tout dû revendre à un copain fripier, je me retrouve tout seul avec vingt-cinq beatniks nus comme des vers à soie dans les vieilles couvertures de la gendarmerie. Fidèle à ma tactique qui consiste à courir bien plus vite que mon ombre, je croise un camion rose décoré de fleurs mauves, Jerry l'a acheté, disons avec les charmes d'Alida la serveuse qu'il sponsorise un peu. Il veut faire des voyages pour ces jeunes désœuvrés, Amsterdam, Katmandou, je retourne au hangar, je reprends ma trompette, mets un mot pour Louise, tout ça va bien trop loin, on va finir en taule, justement moi j'en sors, pas envie de relire la vie du roi Albert, même si c'est illustré, l'œuvre d'Henri Conscience, de manger waterzoi matin, midi et soir, je veux finir mon film, aller à Knokke-le-Zoute, emmener ma liebling et faire du char à voile, éplucher des crevettes sur la minque à Ostende et dormir à midi dans les dunes avec elle.

On retrouve notre Mike ivre mort dans les bras d'une petite Portugaise près de la place Bara, rien à voir avec l'île de mon flic new-yorkais, est-elle nommée ainsi pour le petit tambour que l'armée vendéenne a descendu un jour parce qu'il relevait le drapeau républicain, même si ce n'est pas vrai j'aime bien le penser, comme je pense en passant dans l'avenue Marceau qu'on l'a nommée ainsi pour Sophie et non pas pour François-Séverin Desgraviers, général. La petite Portugaise cache dans l'élastique de son porte-jarretelles les billets de la vente des oripeaux hippies, quand on reprend l'argent son protecteur se fâche, il nous sort un couteau à couper des sardines, voilà un bar de plus transformé en parking.

Si vous êtes débutant, voulant casser un bar, voici quelques conseils qui pourront vous servir. D'abord bien le choisir, commencez très modeste, une rue calme, un serveur, surtout pas de barmaids, elles font souvent du charme et on part sans casser, ce qui serait dommage. Évitez comme la peste tous les établissements nommés Petit Bastia ou Rendez-vous des Corses, choisissez au contraire tous les Bars des Sportifs, on n'est jamais déçu même quand on est blasé.

Vous entrez bruyamment et traversez la salle, bousculant au passage quelques consommateurs, occupez les toilettes pendant un bon quart d'heure, vous bouchez le conduit avec un vieux journal et vous bloquez la chasse, l'eau arrive dans la salle, vous au bout du comptoir commandez un alcool que personne ne connaît, là si tout se passe bien la patronne fond en larmes, le mari sort un flingue et ça peut commencer.

Le Gallois, l'Irlandais ont une fâcheuse tendance à casser tout d'un coup, c'est bien sûr efficace mais un peu du gâchis, chaque jour que Dieu fait on casse bien trois cents bars et si on continue il n'en restera plus dans quelques décennies tout comme les baleines bleues. Il faut un règlement et peut-être un permis, des zones « Casse interdite » sauf autorisation, l'ouverture en octobre, presque fête nationale, on viendrait de partout, de Finlande, du Gabon, le trente à minuit pile, à nous les pianos-bars, les fauteuils Chesterfield dans les faux pubs anglais, les liqueurs importées dans leurs bouteilles bizarres, les juke-boxes rutilants, les miroirs biseautés, les lambris d'acajou, les chaises en oukoumé, les gondoles lumineuses et les gnomes en terre cuite, tous ces petits panneaux disant « Crédit est mort » ou bien « M'engueulez pas parce que ma femme s'en charge », à nous les coupes-trophées en métal argenté, les posters d'Hamilton, les cravates découpées, les cartes du Puy-de-Dôme, les Miss Costa del Sol sur les calendriers, les hot dogs plastifiés punaisés sur les murs, les yuccas en vinyle et les appliques en bronze.

Avec les trois billets retrouvés de justesse entre un bas de Taiwan et une cuisse portugaise on achète des singlets, des pantalons treillis dans un stock militaire, on explique aux beatniks qui nous attendent tout nus depuis bientôt dix heures qu'on a eu des problèmes, que tout a rétréci et les voilà vêtus comme des petits soldats. Le lendemain matin déjeuner de fromages et Jerry les entasse dans son vieux camion rose en route pour le Népal. Il ne sait pas où c'est, je dis que c'est vers l'est et dessine au pinceau sur le capot avant un vague itinéraire, ils ont des bidons d'eau, Jerry deux caisses de bière, quelques sacs en plastique remplis de camemberts, ils s'installent en tailleur sur les vieilles couvertures qu'ils ont pliées en quatre, et promettent d'envoyer chacun une carte postale.

Jerry casse son camion à la frontière allemande exactement comme Serge avec ses Italiens, on n'est pas vraiment bons comme tour-operators mais nous avons lancé la mode « stock militaire » qui sévira dix ans et sur toute la planète, du pôle Nord au pôle Sud chez les gens de la « Route »...

CHAPITRE SIX

Knokke-le-Zoute en hiver est un endroit sinistre, mais pour le festival au moins mille cinéastes sont venus d'Australie, du Japon, d'Amérique et un vent de folie souffle sur le Kursaal. De huit heures du matin à très tard dans la nuit on projette deux cents films, certains vraiment bizarres, Jean-Jacques Lebel propose ses premiers happenings, Yoko Ono s'enferme vingt-quatre heures dans un sac, son fiancé d'alors lui amène du thé et quand je lui demande ce qu'elle fait là-dedans il me répond sèchement : « This is one of her works », que Byron traduirait par « C'est une de ses œuvres ». Je passe le temps au bar quand arrive Hugo Claus qui me veut pour jouer Jésus-Christ dans une pièce où tout le monde est nu, mais moi rester trois heures, dont une cloué en croix, là dans les courants d'air, je dis que je préfère boire des scotchs au buffet. La police intervient et embarque tout le monde dont Mlle Ono qui joue la Vierge Marie, contradiction totale avec les habitudes des rafles de police, la seule à échapper au commissariat de Bruges c'est la Marie-Madeleine, patronne des prostituées qui elle a eu le temps de couvrir ses contours du seul bout de chiffon qui traînait sur la scène, c'était le Saint Suaire, juste retour des choses.

Mon film n'est pas vraiment très expérimental mais il fait rire les gens, je reçois un prix du British Film Institute, je repars pour Paris, parce que ici le « pays est vraiment trop petit pour y gagner sa vie » comme le chante Charly Wood que je ne connais pas, mais deviendra plus tard quelque chose comme mon frère.

J'emmène toutes mes affaires qui tiennent dans une mallette, ma guitare, ma trompette et le chapeau melon du grand-père diplomate qui depuis quelques mois a rejoint mes fantômes et doit être fâché parce que Talleyrand qu'il voulait tant connaître grille sans doute en enfer alors que lui n'a droit qu'à un pâle purgatoire malgré les belles voisines et Suzy Solidor. Je fais de l'auto-stop sur l'autoroute de Mons quand une vieille Deux-Chevaux s'arrête, la porte s'ouvre, c'est un type qui traînait dans le temps au Welkom et habite à Harveng, à la frontière française, il est déjà six heures, il propose gentiment de m'accueillir chez lui, je reprendrai la route le lendemain matin. Je dépose mes bagages dans l'entrée du petit bungalow tout en bois qu'il a bâti tout seul, comme sa rivière déborde pendant les crues d'avril, il l'a surélevé par des piles en parpaings d'un bon mètre de haut. Il débouche une bouteuille d'un côtes-du-lubéron où il fait les vendanges à l'automne chaque année, le vigneron le loge, le nourrit et le paie en bouteilles de son vin et en cèpes en bocaux.

Il tue un gros lapin, moi je déteste ça, j'ai toujours l'impression de manger un copain, mais je n'ose rien dire, dès qu'il tourne le dos je donne à son gros chien les morceaux du civet, quand nous avons fini il me dit d'une voix grave : « J'ai quelque chose, ami, très dur à demander, mais c'est un grand service que tu pourrais me rendre, tu vois mon chien est vieux, il faut le faire piquer, mais les vétérinaires sont bien trop chers pour moi, alors voilà, tu sors, tu l'appelles, il te suit, tu prends ma carabine, on a chassé ensemble, je ne peux pas le faire, ce serait indécent, tu ne le connais pas, ça sera plus loyal. »

Je refuse en disant que j'en suis incapable, il est un peu déçu, mais dit qu'il me comprend et prend dans un tiroir une boîte à chaussures d'où il sort dix très gros pétards de dynamite, ramasse un bout de corde qui traîne dans un coin, appelle son chien et part vers le bois d'à côté. Je le laisse s'en aller et je sors à mon tour, je vais vers la rivière fumer une cigarette mais je le vois de loin qui attache son chien à un arbre et lui glisse les bâtons d'explosifs dans le collier en cuir, il allume les mèches, le chien est affolé, tire tellement sur la corde que la corde se casse, il part se réfugier en courant vers sa niche qui est sous la maison et la maison explose...

C'est dur de faire la manche sans guitare, sans trompette, je n'ai plus que les choses que je portais sur moi, me voilà vagabond dans les rues de Paris, les Schwab sont à Saint-Paul, villa Esperanza, Rachel est à New York et je traîne un peu seul, tapant quelques dollars aux vilaines qui débarquent d'autocars double-deck place du Trocadéro selon le vieux système étrenné à Genève qui consiste à faire croire à tous les laiderons qu'elles sont toutes Liz Taylor et moi Rubirosa, Porfirio pour les dames, un nom qui se décline suivant les latitudes. J'ai toujours fait danser dans les bals, les « parties » les filles qu'on n'invite pas et qui restent sur leurs chaises, ça me coûte trois minutes mais ça les fait rêver pour une année entière et je déteste les gens qui médisent sur les plages des femmes pas vraiment belles qui se mettent torse nu, les femmes pas vraiment belles éprouvent le même plaisir qu'un petit top-model qui dore ses pamplemousses à sentir sur leur peau la chaleur du soleil. Quelquefois je me dis qu'au lieu de mettre en taule les violeurs on devrait les condamner à être, une nuit ou un mois, selon la gravité de leur condamnation, les amants des vilaines, des vieilles et des malades, des vilaines vieilles malades et à perpétuité quand ils osent toucher à ces petites princesses qui s'endorment dans nos bras dans les malles Ostende-Douvres.

Heureusement c'est l'été, pas besoin de cartons pour dormir dans la rue, pointe du Vert-Galant les quais sont confortables et tous les vagabonds s'y retrouvent la nuit, on se passe des bouteilles, on s'échange des joints mais surtout de la poudre, et si j'aime bien le vin, Mezz Mezzrow dans son livre *La rage de vivre* a dit en parlant de la dope : « Touchez jamais à ça », alors je n'y touche pas, et je dois au vieux Mezz de n'avoir de ma vie jamais fait ce plongeon. Quand j'ouvrirai plus tard mon bar à Zanzibar, derrière moi il y aura trônant sur l'étagère une bouteille de bourbon avec son nom inscrit : « Monsieur Milton Mezzrow », il ne saura jamais, Mezz, combien je l'aimais ni combien je lui dois.

On me prête une guitare, je passe une audition, je commence à jouer de façon convenable à part « Jeux interdits » que je massacre exprès. On m'engage rue Chaplain, c'est la porte à côté de celle du Chaton-Bar, c'est un bistrot western qui s'appelle Jacky's Ranch, c'est plein d'Américains, il faut jouer country, des airs de Merle Haggard, j'apprends tout ça par cœur et je les fais pleurer, les culs-terreux aiment bien les trucs de culs-terreux, faut des filles qui s'en vont et des filles qui reviennent, des rubans jaunes aux chênes et des enfants partout. J'aime chanter ces chansons mais je m'ennuie vraiment, plus encore qu'en faisant du free jazz à Bruxelles, moi c'est Thelonious Monk et « Round about Midnight », je joue skiffle blue grass, tout ce qui me console dans ce genre paysan c'est que Kate ma copine est comme Dolly Parton, plus question de melons, cavaillons, cantaloups, de petits pamplemousses, là c'est vraiment des dômes comme au pic du Midi, de vrais observatoires, pour lui faire un baiser debout, couché, assis je dois tordre le cou comme le font les girafes quand elles boivent à l'étang. Elle tient le bar le soir et même en col roulé avec une veste d'homme rend tous les clients fous, quand on rentre à l'hôtel où on vit près de là, souvent des types nous suivent, un soir j'en ai pris un et l'ai assis de force dans une des poubelles vides devant un restaurant, il est resté plié à crier au secours, à Paris à trois heures appeler au secours, c'est vraiment pas la peine, personne ne vous entend, pas plus qu'un vendredi on n'accepte vos shekels avenue Dizengov.

Quand ils sont trop nombreux à nous suivre comme ça, on entre à la Coupole ou on passe au Rosebud, on boit une tequila et on mange un chili. Traînent là des acteurs dont Roger, un ami qui vivait en Belgique mais qui en ce moment joue dans une pièce anglaise où personne ne passe d'épée au roi Henri, ça s'appelle *The Knack*, il nous invite un soir à le voir au théâtre, il a amené Luc, un artiste anversois qui fabrique des sculptures en travaillant le cuivre des instruments à vent, je raconte mon histoire de maison explosée, il me demande l'adresse, dit qu'en rentrant chez lui il passera par là, sûr que dans les décombres il trouvera de quoi me faire un souvenir de la trompette Couesnon.

Quand le soleil se lève, Kate et moi on retrouve notre lit défoncé par cinquante ans d'amour, c'est un hôtel comme ça, qui s'appelle le Mermoz, en entrant dans la chambre on n'allume jamais, le papier sur les murs nous donne trop le cafard, on se couche, je me dis pour me réconforter que tous les imbéciles qui ont une suite royale au Crillon, au Hilton avec draps en satin, du champagne dans un seau, de la mousse dans le bain, n'auront jamais ma Kate ni ses jolis « rosebuds » qui couronnent ses « coupoles » et sont comme les cocardes d'un avion d'avant-guerre dans lequel tel Mermoz je décolle chaque matin.

Kate part en Amérique, sa mère est très malade et je l'emmène en larmes au charter puis je rentre faire ma musique country au Jacky's, mais sans elle je ne tiens pas le coup et je défonce le nez d'un crétin qui demande où est Kate en faisant des gestes assez obscènes, alors Jacky me paie, je remballe ma guitare, et dans la rue Chaplain les passants s'aperçoivent que même un grand cow-boy ça peut pleurer aussi. Un verre au Chaton-Bar, toutes les filles ont changé mais j'entends à l'étage une voix que je connais, c'est celle de Dominique sorti de la Légion qui débouche des bouteilles et course deux courtisanes en chantant quelque chose comme « Voilà du boudin ».

Il travaille à Rungis chez un boucher en gros, habite avec une fille connue des camionneurs pour avoir essayé presque toutes les couchettes d'ici à Perpignan, et me voilà chez eux au seize rue de la Harpe, « plâtreur-décorateur » de leur appartement. À cinq heures du matin il s'en va moi je rentre, je dors dans un machin, sans doute un lit de camp qui vient de Djibouti ou bien de Zanzibar, Zanzibar en arabe s'écrivait « Zanj el-Bar », qui veut simplement dire « Y a des Noirs sur la côte » ou bien la « côte des Noirs », je laisse ça aux linguistes, mais c'est en Tanzanie et quand en soixante-quatre en annexant cette île le président marxiste a lancé un concours pour trouver un beau nom qui mélange Zanzibar avec Tanganyika les gagnants étaient mille proposant « Tanzania », le prix pour le vainqueur avait été fixé à dix livres sterling, je ne sais pas comment ils ont partagé ça.

Quand Dominique s'en va le matin sa copine m'invite à la rejoindre dans son lit à deux places tellement plus confortable et comme moi je refuse elle se penche aux fenêtres, criant : « Personne ne m'aime, je vais sauter, adieu », je lui crie très fort : « Saute ! », j'ai envie de dormir parce que je traîne la nuit au café Disque bleu à vider toute la bière qu'ils stockent là dans leurs caves avec Luc et Roger dès le rideau tombé sur sa pièce où il joue Tollen, un faux play-boy. Ils parlent tous en flamand après deux ou trois verres, moi je parle toutes les langues quand j'en bois une dizaine, parfois passent des gamines, mais pas vraiment jolies alors je rentre seul vers mon lit-légionnaire jusqu'au jour où arrive entouré d'assistants un metteur en scène qui veut Roger pour un film. Il cherche aussi quelqu'un pour jouer un hippy, vagabond, musicien, et je suis engagé, moi j'aimerais jouer des rôles de hassidim, mais mon côté danois me suit depuis toujours, je suis déjà trop vieux pour faire un bon Hamlet, ou alors un Hamlet tout à fait rock and roll, habillé vraiment cuir, bousculant Ophélie sur la tombe de Yorick avant qu'elle ne se noie dans la piscine fluo de la villa où vivent Rosencrantz, Guildenstern et des dealers de coke en chantant en hommage à Dizzy Gillespie, Coltrane et Miles Davis : « To be or not to be-bop. »

Roger a un grand rôle et moi un tout petit, mais c'est dans un grand film, une vraie production avec des gens connus ou qui le deviendront et je fouine partout, dcs décors aux lumières, je note les objectifs qu'emploie l'opérateur, je m'intéresse à tout, surtout aux figurantes, je suis tellement content d'être sur un plateau, je ne suis pas très bon, je joue à la James Dean quand il oublie son texte, tout est dans le regard.

Mon cachet est grotesque et j'achète une vieille Fiat, Marc qui joue le rôle-titre nous ramène une Aston, je dis : « Qu'est-ce que tu crois, dans un an j'ai la même », mais je mettrai vingt ans à tenir mon pari quand Marc aura rejoint lui aussi mes fantômes, tombé dans l'héroïne près de Casablanca. Il avait sur le film rencontré un amour qu'il avait épousé, était née une petite et quand tellement plus tard dans un garage d'Asnières j'ai retrouvé l'auto, j'ai voulu l'acheter pour lui en faire cadeau le jour de ses vingt ans, j'étais dans mon perchoir, dans ma tour de New York quand un ami m'appelle pour me dire qu'elle est morte d'une gifle imbécile donnée sans le vouloir par son petit copain, commotion cérébrale ou quelque chose comme ça, j'ai gardé l'Aston rouge, couleur Cinzano Red, elle dort dans mon garage et quand je la démarre et vais la faire rouler sur la moyenne corniche, je suis suivi de près, mais vraiment de très près par mon camion de blues.

Marc était « bricoleur » et même un peu voyou, mais voyou gentiment et ça nous arrivait de faire le plein d'essence des voitures qu'on volait, qu'on remettait toujours bien rangées à leur place, en tout cas dans le coin, et sans égratignures. On allait à la boxe dans une salle à Pigalle, on traînait dans les rues après s'être douchés, on entrait au strip-tease qu'il y avait rue Fontaine où une jeune Vietnamienne faisait un numéro qui nous plaisait beaucoup, fumant une cigarette sans la bouche, sans les mains, accroupie sur la table en chantant un extrait de *Madame Butterfly*. Mon poète disparu habitait là, à trois, on allait dans l'échoppe cinq rue Germain-Pilon qu'avait un tatoueur qui plaçait des anneaux aux filles à des endroits pour le moins incongrus que Gainsbourg appelait très joliment des fèves. On les connaissait toutes, on ne payait jamais, on était vraiment beaux et c'étaient des vacances pour elles de s'allonger dix minutes avec nous pendant que le Grand Jacques buvait des Picon-bières en achetant des glaces aux enfants des écoles sans savoir que bientôt des fonctionnaires idiots qui ne l'ont jamais lu nommeront de son nom au moins trois cents lycées.

Le film a du succès, on me demande partout, j'auditionne pour une pièce, *Y a une fille dans ma soupe,* c'est un rôle de batteur d'un groupe de pop music, j'ai plein de films à faire, je me loue un studio rue Vercingétorix, je déjeune et je dîne dans de bons restaurants, je passe avec ma Fiat sur le pont Alexandre, je me gare n'importe où, je fais danser les filles les plus belles de la ville, ça peut durer mille ans, mais quelqu'un vire Langlois, directeur tyrannique de la Cinémathèque, Mai soixante-huit commence et pour moi tout s'arrête.

Je ne comprends pas bien tous ces enfants gâtés qui renversent les voitures, j'ai eu tellement de mal à m'en acheter une, ils rejettent tout en bloc, papa, maman, l'État, je n'ai pas eu tout ça, ni papa ni maman, je ne sais toujours pas comment répondre aux gens qui demandent d'où je viens, de quelle ville, quel pays, ils crient : « Paix au Vietnam » sans avoir eu la trouille de devoir y aller, ouvriers-étudiants, même combat, quel combat, qu'ils aillent porter des sacs de café chez Rochet pesant cent vingt kilos, qu'ils lient en botte l'hiver dix brouettes de cresson à sept heures du matin avec les doigts gelés, qu'ils dorment dans la rue avec pour seul diplôme un six mille mètres en mer et quelques cicatrices, souvenirs amicaux de séjours çà et là, qu'ils apprennent à marcher, évitant les mégots, le verre et les graviers parce qu'ils ont aux semelles des trous presque aussi grands que des pièces de cinq francs, qu'ils apprennent le plaisir de partir le matin les pieds faisant « squash-squash » dans des chaussettes humides qu'il fallait bien laver mais on n'en a qu'une paire et elles n'ont pas séché parce que le poêle demande un shilling qu'on n'a pas, qu'ils restent vingt minutes à humer les vapeurs qui sortent de l'extracteur d'un Wimpy de quartier imaginant qu'ils croquent autre chose qu'un plombage, qu'ils lavent leur misère aux lavabos publics et je serais d'accord pour suivre leurs slogans.

Les productions s'arrêtent et les théâtres ferment, on ne joue que des pièces avec un personnage joué par un Chilien d'origine argentine qui jusque-là faisait vraiment très bien la plonge dans le lounge devenu un « Espace de rencontres ». On s'ennuyait pareil avant que ça ne change mais les metteurs en scène avaient la politesse de mettre quelques filles nues qui n'avaient rien à voir avec disons l' « action », elles étaient si jolies que ça faisait passer l'absence de tout décor, l'ineptie de leur texte et la musique sérielle.

Là finit mon futur de comédien célèbre, j'achète à très bas prix une De Soto bleu pâle, elle est décapotable et s'appelle Diplomat, je plante deux drapeaux du Viêt-cong sur les ailes, je contourne les pavés, passant les barricades, sûr que même Stirling Moss serait très fier de moi, je commande des plateaux de belons qui arrivent contre tout sens commun encore à la Coupole, j'ai la table de mon père et le maître d'hôtel qu'il a connu jadis à Berlin avant-guerre me sert le même vin blanc qu'il buvait à l'époque où tous les vendredis son mécène lui donnait l'argent de la semaine. Il commandait douze huîtres, un carafon d'alsace, voilà, je fais pareil et je griffonne au Bic comme au temps où ensemble on noircissait les nappes en papier des bistrots, quand les patrons furieux me fusillaient des yeux parce que mes gribouillages gâchaient une œuvre d'art qu'ils auraient encadrée.

Je regarde le bal, les C.R.S. avancent en lançant des grenades, les étudiants reculent, quand les grenades s'éteignent les étudiants reviennent balançant des pavés, les C.R.S. repartent chercher d'autres grenades et puis ça recommence, grenades, pavés, grenades, alors je fais pareil, une huître, un coup de blanc, un coup de blanc, une huître, je suis le seul client, le Berlinois m'invite, je m'en vais dans les rues, enjambant les platanes que des schmocks ont coupés et les carcasses fumantes des Mustang incendiées, je passe l'hôtel Mermoz et je repense à Kate, je longe la rue Chaplain et je lui dédicace un parpaing que je jette dans la vitrine western du Jacky's Ranch fermé, les rades américains ces jours-ci c'est mal vu, les seuls qui restent entiers ont des noms vietnamiens, tous les Dragons d'Hanoi, les Délices de Vientiane, mes petits Guevara ont la vue un peu courte, dès qu'un œil est bridé on le voit d'un bon œil alors que dans la cave dix bonshommes sans papiers qu'on menace de prison s'ils dépassent la porte émincent le porc sucré, ébouillantent le soja pendant que le patron joue des fortunes aux dés et envoie tout le reste aux milices de Saigon.

C'est bientôt les vacances, il n'y a plus de gauloises et surtout plus de vin, la classe prolétarienne largue les étudiants qui dans moins de deux ans deviendront leurs patrons, ils ramassent les derniers morceaux des barricades et partent à Cavalaire, au mas Soleiadou, râlant que des campeurs leur gâchent le paysage quand quelques jours plus tôt ils parlaient en leur nom.

Le jour où les ordures arrivent à ma fenêtre — on ne vide les poubelles que dans les quartiers chics — on siphonne sa voiture avec sa permission de Picha mon copain de ma boîte de free jazz qui travaille maintenant dans la presse à Paris. Il n'y a plus d'essence, il n'y a plus rien du tout alors Roger et moi on s'en va vers Anvers, croisant les vacanciers, les seuls types qu'on arrête près du poste frontière c'est évidemment nous, on a vraiment tout faux.

CHAPITRE SEPT

Avec ce qu'il me reste de mon cachet d'acteur et Roger qui accepte un rôle d'évêque boiteux on commence tous un film en seize millimètres qui va s'appeler *What happened to Eva Braun*. Le scénario raconte la dernière aventure de la maîtresse d'Hitler qui s'en va proposer à la fin de la guerre aux pontes du Vatican de bâtir une fusée dans le cadre d'un programme « Plus près de toi mon Dieu ». Un laser doit inscrire sur la lune une croix pour que le monde entier la voie quand la nuit tombe, mais la belle est sournoise et c'est une croix gammée que le laser inscrit, elle se jette dans le vide, en criant un « Sieg Heil ». On construit la fusée dans l'atelier de Luc, on dîne au Muse le soir et puis on rentre à pied, flânant le long des quais, un soir Luc dit : « Pas chiche qu'on ne boive qu'une seule bière dans les établissements d'ici jusqu'à chez moi », moi je lui dis d'accord, c'est moins d'un kilomètre.

On a passé trois jours et deux nuits dans les bars, les bordels, les cafés et les rades à marins, les snack-bars pour travelos, les clubs sado-maso, d'autres même encore pires, on n'en a cassé qu'un où ils avaient écrit : « C'est interdit aux chiens, aux Juifs et aux Arabes », Luc a mis sa ceinture bouclée autour du cou, je tenais l'autre bout, il a poussé la porte, marchant à quatre pattes, a aboyé deux fois et dit : « Mon maître est juif et j'ai du sang arabe, on veut juste boire un coup », et là c'était parti.

Quand l'équipe du film est arrivée chez nous, la fusée ressemblait plus à la tour de Pise qu'à un vaisseau spatial, il y avait un bistrot à tous les numéros que compte ce maudit quai et je jure qu'on n'a bu qu'une seule bière à chaque fois qu'on a poussé une porte.

Une fois la scène en boîte on arrête le tournage, mais faute de pellicule, pas de combattants, je patine les sculptures que Luc a terminées, il expose à Berlin, commence un monument, c'est un superbe hommage qu'il veut faire à Cheval, le facteur visionnaire du Palais idéal. Il a trouvé en ville les cuivres abandonnés d'une vieille harmonie, ça me fait un peu mal de voir tous ces clairons, ces trombones, ces tubas découpés en morceaux, chiffonnés et soudés mais quand tout ça prend forme j'ai la même émotion que pourrait me donner un orchestre à Bayreuth jouant pour moi tout seul l'envolée d'ouverture quand débute *Tannhäuser*.

On travaille quand un type arrive à l'atelier, il s'excuse de venir sans même s'être annoncé, dit : « Votre téléphone a dû être coupé », le chef du protocole d'une maison princière dont la prima donna s'intéresse aux sculpteurs, Luc est très honoré, l'autre regarde partout, dit : « Il faudrait une chaise pour que Madame s'assoie, on apportera ça, ne vous inquiétez pas. » Je l'avais vue déjà, notre belle visiteuse, la première fois c'était quand j'assistais ma mère devenue photographe qui tirait le portrait des enfants au palais dans le jardin d'hiver.

J'arrangeais les spot-lights, dressais la toile de fond, c'était lourd, compliqué, le petit prince aîné passait entre mes jambes et posait des questions, il faisait son métier, s'exerçant pour plus tard quand il fera semblant d'être très passionné par le travail lassant d'un vieux tourneur-fraiseur d'une usine de boulons; c'était tôt le matin et de mauvaise humeur, j'avoue que j'ai botté les fesses de ce jeune homme qui un jour sera roi. Majesté si jamais vous tombez sur ces lignes, acceptez mes excuses et faites-moi baron ou au moins baronnet, j'ai dû être troublé, changement physiologique en voyant votre mère, Byron traduirait ça par « physiological change » et il aurait raison, Byron n'a jamais tort.

Je l'ai revue plus tard un soir à Saint-Tropez, on sortait d'une « manche », la baronne la connaît, qui portait la casquette du capitaine allemand remplie jusqu'à ras bord de pièces et de billets, surprise ou bien gênée elle a lâché le tout, disant quelque chose comme : « On vient de Sainte-Maxime, on a fait le jack-pot d'une machine à sous », on a mis plus de temps à ramasser les pièces qu'à jouer nos chansons dans tous les restaurants.

Quand la princesse arrive on m'envoie au café chercher l'apéritif, je la croise en sortant, son parfum traîne encore certainement dans le coin, même vingt-cinq ans plus tard, un parfum si subtil que dans les magasins où on vous vaporise des trucs sur le poignet je n'ai jamais trouvé quelque chose d'approchant. Elle amène avec elle bien sûr des courtisans dont un autre « baron », cousin de ma baronne qui voit ma caméra, il voudrait faire un film, est-ce qu'on peut l'aider, il m'engage aussitôt et me paie royalement, je deviens producteurrégisseur-assistant, il a écrit le script et il a de l'argent, c'est basé sur l'histoire de l'« Œil » de Georges Bataille, le baron a les droits, une actrice italienne qui veut bien tourner ça, c'était rare à l'époque, il nous faut un château, on part en repérage aussitôt en Bavière dans sa belle Ferrari Super-America en emmenant l'actrice, moi devant, eux derrière, la fille crie de Bruxelles aux faubourgs de Francfort et ça n'a rien à voir avec mon pilotage.

Ils descendent au Grünfeld, j'ai un hôtel moins cher et j'attends vers dix heures qu'ils passent me prendre on doit faire route vers la Bavière, mais personne ne vient et les gens de l'hôtel m'appellent tous « Mister Blue », le baron m'a laissé déjà quatre messages à mon nom sans effet, et les serveurs, les grooms continuent « Mister Blue », « Mister Blue », un café, « Mister Blue », vos valises, tout à coup je comprends que le type d'hier soir en prenant mon passeport pour m'inscrire sur la fiche a confondu le nom et la couleur des yeux et je suis « Mister Blue », tout comme j'aurais pu être un « Monsieur six-feet-three » s'il avait lu ma taille ou bien un « Monsieur None » s'il avait lu la ligne « signes particuliers ».

Le premier Schloss qu'on voit c'est au mont Gutenberg où le digne imprimeur qui s'appelait Gensfleisch, Byron traduirait ça par « viande d'oie » certainement, a trouvé un refuge et un beau pseudonyme. Un grand Aryen trop blond fait voler des vautours, des aigles et des faucons, « Greifvogels » en allemand. Lui nous parle l'espagnol et a tout l'air d'un type qui a pris un U-boot à la fin de la guerre en route pour l'Argentine, l'oncle de mon baron, pilote chez R.A.F., combattait les nazis, il a en plein Bruxelles mitraillé en avion l'immeuble où se tenait la Reichskommandantur, par respect pour son geste on s'en va rapidement.

Le deuxième des Schlossen est un immense gâteau construit tout en brique jaune, notre actrice italienne reste dans la voiture, quand on sonne à la porte un garde lâche ses molosses, nous venons de sonner à une très mauvaise porte, c'est chez Herr von Spretti qui vient il y a deux jours d'être tué par balles chez les Tupamaros quelque part au Pérou, on cavale dans la neige, on saute dans la voiture, on fait trois tête-à-queue, on part encore plus vite que de chez Gutenberg. Heureusement le troisième qu'on visite est plus calme, c'est un relais de luxe de la Neckar-vallée tenu par une jeune femme, Maria Frei-Frau von-und-zu Quelque Chose, elle est plus que très belle et a une voix si douce qu'on lui pose des questions sans aucun intérêt rien que pour l'écouter, immobiles et béats. Le baron amoureux décide de rester là, il me paie mes services vraiment rubis sur l'ongle, s'il oublie son film, moi j'ai enfin de quoi tourner quelques minutes du mien et je ramène l'Italienne de Francfort à Bruxelles en prenant quelques auto-stoppeurs qui possèdent le permis, eux devant, nous derrière, pour voir ce que ça donne une actrice italienne criant en sens inverse.

On commence une séquence près d'Ostende sur la plage, un blockhaus ensablé, c'est la fin de la guerre, où Adolf et Eva prennent un bain quand un type arrive en boitillant et crie par un vantail : « Mein Führer, mein Führer, Berlin ist ganz kaputt. » Hitler retourne sa veste (j'ai toujours eu un faible pour les vestes réversibles), la sienne est militaire doublée d'un pyjama comme en portaient les hommes des camps de déportés avec une étoile jaune cousue sur la poitrine, il abandonne Eva qui part avec le garde et déguisé ainsi s'en va seul dans Berlin, une séquence qu'on va faire où un vieux camion russe traversera les ruines, deux hommes assis devant, un des moujiks criera : « Attention un piéton ! », l'autre lui répondra : « On s'en fout, c'est un Juif », et écrasera Adolf en chantant « Katiouchka ».

De nouveau plus un sou pour terminer le film, j'accepte de mettre en scène un long métrage porno, mais porno à l'époque c'est disons « érotique », on voit un sein, une fesse, mais là c'est autre chose, deux voyous ont trouvé chez un notaire de Bruges l'argent pour faire du hard, il a même une maîtresse nommée Minou Trompette, mais quand je raconte ça personne ne veut me croire et ça m'a pris longtemps pour comprendre qu'un mensonge quand il est bien dit est souvent plus crédible que toutes les vérités.

Je vis avec l'actrice italienne du baron dans la jolie maison qu'il avait louée pour elle, j'ai dix-sept jours en tout pour finir mon tournage, j'imagine des horreurs et des viols collectifs pour que ça aille plus vite, pour partir avec elle, à Rio, quelque part, mais c'est elle qui s'en va avec un photographe dont je tairai le nom puisqu'il est inconnu. Au fond mon père et moi on a eu en commun d'avoir été quittés pour de beaux photographes par les femmes qu'on aimait, c'est sans doute pour cela que j'ai vraiment du mal à sourire en photo à part quand c'est Doisneau qui comme il est petit m'a dit : « Pliez les jambes pour être à ma hauteur, voilà tournez le buste, mettez-vous de profil mais le visage de face et le regard vers moi », j'étais tel un pantin cassé en dix morceaux, j'ai éclaté de rire quand il m'a dit : « Maintenant, ayez l'air naturel. »

Comme ma belle est partie, je deviens misogyne, j'oublie le scénario, dès qu'une fille apparaît on la flingue aussitôt, je m'invente même un rôle de tueur sanguinaire et je vide des chargeurs sur toutes les femmes qui bougent, j'en tue bien dix par jour, pour un film érotique ce n'est pas l'idéal, les dix-sept jours s'achèvent sans l'ombre d'une fesse ni la courbe d'un sein et je suis remercié, eux partent pour Hambourg au quartier Sankt Pauli, s'achètent des messalines et lancent la caméra, leur font l'amour de dos, elles couchées bien de face, ils remontent le film et dès qu'une porte s'ouvre, ils balancent la séquence, quand on referme la porte mon histoire continue comme si de rien n'était.

Je commence un procès pour qu'on retire mon nom même si ce genre de film oublie les génériques. Je trouve un avocat, Jean-Hubert Pamoyson, qui me défend si mal qu'on le raye du barreau, le film sort sous le nom finalement acceptable de *Sexuellen und dann kriminellen sofort* ou un truc dans ce style, mais personne ne me paie et je suis très fâché, je veux finir *Eva* et je cherche du travail, je me case dans un film où Luc fait les décors, là je joue carrément à la Marlon Brando, je n'ai pas de dialogues, pas même un mot à dire, ça se tourne dans le parc d'encore une baronne, belle-sœur de ce baron qui aime les jeunes garçons, elle est un peu cinglée et demande tout le temps si on a du haschich. Luc lui en trouve un peu, elle ne supporte pas et finit dans un arbre bien plus qu'à moitié nue en buvant au goulot une bouteille de framboise, quand son mari arrive, revenant de la chasse, la voilà amoureuse, allongée dans les branches, ça n'arrive pas souvent qu'on jalouse une bouteille, mais le baron l'arrache d'où elle était plantée et la casse contre un mur en pestant, nous autour on ne peut qu'applaudir à ce geste viril.

Raymond le machiniste croit qu'on est du même bord, à cause de mon nom sur l'affiche du film hardcore, Pamoyson m'a menti, je suis au générique, on me prend pour un grand du cinéma porno, il me propose une affaire qui ne se refuse pas, six cents copies demain doivent arriver ici de *Suédoises en folie,* son copain est en taule, il cherche un partenaire, mon cachet comme acteur dans le film suffira, on bazarde tout ça et on partage après. Nous voilà donc à Wavre à minuit dans un champ, on a volé des lampes à pétrole de chantier qu'on a posées en ligne tous les cinq ou six mètres et on attend l'avion en fumant des Johnson, on l'entend qui arrive, on l'entend qui s'écrase dans un bois à côté, nos *Suédoises en folie* finissent dans le camion de la gendarmerie.

Huit heures le lendemain on est sur le plateau, Raymond fixe un décor, je me fais maquiller dans la loge d'Ursula qui était l'égérie à Saint-Germain-des-Prés de toute une bande de types dont Boris Vian bien sûr, elle a connu Mezzrow alors on s'entend bien, elle nous sert des vodkas à tuer Raspoutine cachées dans de grands verres de jus d'oranges pressées. On a fermé ma loge après cet épisode de bouteille de framboise, la baronne est partie, mise en villégiature dans une grande villa grecque, quelques années plus tard je l'ai vue très éprise d'un beau jeune homme anglais, habillée en gitane et l'air très allumé dans une rue d'Athènes, ils sont venus me voir un soir au Bouzoukia, le jeune homme était soûl et s'était endormi, elle a passé la nuit avec tout mon orchestre et quelques invités sur la terrasse du haut.

Quinze gendarmes en camion arrivent sur le tournage, il y avait ma voiture garée tout près du bois où l'avion s'est crashé, je dis qu'on l'a volée, Ursula me défend, dit qu'on était ensemble pendant toute la nuit à yodler des chansons, si la voiture est là c'est qu'on l'a rapportée pour me faire accuser et quand elle vous regarde elle a des yeux gris-bleu à damner tous les papes, le gendarme la salue et lui fait un baisemain, on peut donc continuer à se faire maquiller. C'est la dernière séquence, on arrête le film, moi je n'ai pas de quoi pouvoir finir le mien, il me manque quelques scènes et l'argent du montage, Luc a une bonne idée, sa copine Bambi se mettra torse nu dans une caisse en carton boulevard de Waterloo, les passants par deux trous pourront pour un billet tripoter sa poitrine, on a un chronomètre, c'est un franc la seconde, si elle a des copines qui veulent nous aider on les mettra en caisses aux endroits stratégiques, les sorties de bureaux, les postes, les ministères, on a trouvé les caisses et découpé les trous, jamais trouvé les filles et Bambi essaie seule, mais les passants n'osent pas, ils ont peur d'une embrouille, qu'il y ait des pièges à rat cachés dans le carton, c'est déjà par ici la grande vague féministe, œil pour œil, dent pour dent et caresse pour caresse ce n'est pas notre style, on a toujours dormi avec qui nous voulait, les filles savent reconnaître même à peine qu'elles soient nées les hommes qui aiment les femmes, et ça les yeux fermés.

Le père de la baronne me prête un peu d'argent, il aime bien mon humour et s'amuse à mes films, on fait la grande séquence où Roger en évêque consacre la fusée, j'ai loué le costume, on tourne chez l'Italienne qui a enfin viré son maudit photographe, j'essaie le déguisement, avec bague, mitre et crosse, je passe près de l'entrée, c'est une rue animée, Gino le petit frère me pousse et claque la porte, me voilà en évêque au milieu de la foule à sonner comme un fou, insultant le gamin quand deux petites bigotes en m'entendant jurer me disent : « Mais, Monseigneur, il faudrait vous calmer », elles me baisent la bague, alors je les bénis, puis je termine *Eva,* il est temps j'en ai marre.

Les gendarmes reviennent, je suis toujours suspect pour ce maudit avion qui s'est crashé à Wavre, les *Suédoises en folie,* ils fouillent un peu partout et trouvent des trucs bizarres que j'emploie pour mon film, des soutanes, des cagoules, surtout les mitraillettes qui viennent de leur caserne, Jerry est au Népal et Barlich en Espagne, je n'ai pas de témoins pour expliquer l'affaire à part Mike, en prison pour une histoire de mœurs, une embrouille vraiment trouble où on trouve Alida, Louise et quelques autres mais il refuse d'aider et le vieux sergent-chef a déserté Bruxelles pour suivre Bob Denart et s'est fait mercenaire au fond du Katanga. Je devrais partir vite mais l'ami de ma mère m'a gentiment offert d'être metteur en scène de la deuxième équipe d'un film qu'il réalise sur les « Fêtes de Belgique » sous le haut patronage de Baudouin, roi des Belges, oncle du petit monstre dont j'ai botté les fesses l'autre jour au Palais, les gendarmes m'oublient, on fait les carnavals, Henri a trop à faire pour traîner toute la nuit dans les bals et reprendre son tournage le matin alors j'ai mon équipe, on fait les Gilles de Binche, Peter l'opérateur s'assoit sur mes épaules, on prend toutes les oranges en pleine poire si j'ose dire, ça fait mal et le jus dégouline de partout, j'irais bien déplumer ces petits imbéciles, j'ai soixante-dix kilos d'un Peter sur l'épaule plus les trente du Mole-pack, des lumières sur batteries, avec la caméra qui en pèse encore vingt on n'est pas très mobiles.

On fait les « Blancs-Moussis » de Stavelot, Malmédy, les jets de chats à Ypres, la journée travestie à Alost où les femmes sont habillées en hommes et tous les hommes en femmes et c'est elles qui décident avec qui elles s'amusent. Une nuit poursuivi par un groupe de furies j'avoue que j'ai laissé à un bien triste sort mon crétin d'assistant qu'elles ont déshabillé sur un tas de poubelles et la dernière image que j'ai pu voir de lui, c'est quand il essayait, m'appelant au secours, de garder sur ses fesses son slip Petit-Bateau, moi je m'en suis sorti comme à mon habitude, c'est-à-dire en battant le record olympique qui a rendu célèbre un certain Zatopek un soir à Helsinki.

Le dernier truc qu'on tourne c'est, entre Sambre et Meuse, une marche souvenir où tout le monde porte des répliques d'uniformes d'époque Napoléon, on est dans un café, un ivrogne m'embête, je porte à bout de bras mon Mole-pack, je le shoote et tout le café croit que c'est moi qui l'agresse, me voilà donc parti, marchant à reculons avec la Grande Armée, oriflammes et fusils qui me suit dans la rue, c'est assez terrifiant trois cents grognards furieux qui veulent vous faire la peau, mais le curé arrive, excommunication pour la troupe au complet et je m'en sors comme ça, je quitte le cinéma pour au moins quelque temps, ce n'est pas fait pour moi, mon monde c'est la musique, là je me sens chez moi, même si c'est en eaux troubles, j'y sais comment nager et j'y nage vraiment bien.

CHAPITRE HUIT

J'engage des musiciens pas très bons mais costauds, les endroits où on joue ne sont pas vraiment clairs et des types nous attendent pour voler nos guitares, on ne fait peut-être pas le meilleur des spectacles mais on revient entiers, et c'est le principal. C'est un mélange de blues, de skiffle et de jazz, je n'ose pas proposer mes chansons en français, je mets des mots anglais que j'improvise en scène, les anglophones se fichent de ce qu'on leur raconte du moment que ça swingue, même si c'est mal écrit.

J'ai une vieille 403 que m'a prêtée ma mère, la Fiat a rendu l'âme, quant à la De Soto, Roger l'a rachetée pour l'offrir à sa femme et en passant le coin de Bon-Hiver Laan, la rue où ils habitent, elle a perdu une bielle, ils n'ont pas fait cent mètres, Roger m'en veut un peu, dit qu'elle était pourrie, je l'avais fait souffrir, c'était un vieux V 8, j'aime le son des V 8, la chanson qu'ils vous font quand on passe six mille tours, c'est comme de la musique et celle que je préfère c'est celle de mon Aston « Burnham Green » que je gare à côté de sa mère, la vieille Cinzano Red. Lorsqu'on a manqué de jouets quand on était petit, on les achète plus tard et on a l'air idiot, parfois des gens comprennent comme ce vieil homme en blanc portant un panama qui a vu ma « Volante » et voulait la conduire, devant mon air soucieux il a ôté son gant et m'a dit : « David Brown, enchanté, le D.B. qu'il y a sur le capot ce sont mes initiales, j'ai dessiné l'auto quand j'étais ingénieur et pilote chez Aston, allons donc faire un tour. » Alors on est partis jusqu'au vieux Roquebrune, même à soixante-quinze ans David Brown conduisait au millimètre près, ne laissant pas une chance à mon camion de blues de nous suivre un instant.

On tourne à trois, je joue la six-cordes et je chante, il y a « Cheri » Pease, bassiste américain vraiment loin dans la poudre, mais ça m'est inconnu, je me demande souvent pourquoi même en été il a toujours si froid, Guy lui est au Dobro et à la slide-guitar, c'est un fils spirituel du vieux Derroll Adams, une légende du freeling, une façon de jouer, j'ai été son roadie, c'est le diminutif pour un road-manager, un nom cérémonieux pour un petit boulot qui consiste à porter l'instrument, les valises, à trouver du whisky à trois heures du matin dans des endroits douteux où un couteau sort vite pendant que l'autre attend dans un taxi en bas. Ça a duré dix jours, et puis il a montré ses fesses à l'Old Bristol, les flics l'ont emmené, je suis rentré en stop en portant son banjo que j'ai laissé pour lui dans la maison de Hampstead qu'avait Donnovan Leich, un folksinger célèbre dans les années soixante avec qui il avait écrit « Colours » un jour et d'autres belles ballades que quelquefois je chante à la fin de mon show.

Le premier truc qu'on fait c'est le bimillénaire de

la ville de Bruxelles, on joue sur un podium, le soir à la télé dans les informations on voit que la fanfare qui passait après nous a sauté sur une bombe, attentat de l'I.R.A., c'étaient des militaires qui venaient d'Angleterre, il y a un cratère de deux mètres de rayon à l'endroit très précis où je viens de chanter au-dessus d'une charge placée depuis la veille, est-ce à cause de mon nom, à cause de mes chansons que le type préposé à son détonateur m'a laissé la vie sauve, eux aussi après tout faisaient de la musique, les seuls soldats que j'aime sont ceux de la fanfare.

On n'est pas si mauvais et on joue même à Diest chez Calixte créateur de lieux vraiment bizarres avec qui dans deux ans j'ouvrirai une boîte, un ancien cinéma transformé en night-club avec une plage de sable juste devant l'écran, plantée de parasols, des tables et des chaises longues et une gamine topless vendant des esquimaux. Au balcon des mignonnes, les quatre fers en l'air, allongées sur les vitres de billards électriques attendaient qu'on les prenne, qu'on les fasse crier, les types mettaient des pièces, le premier à faire « tilt » devait une tournée...

On ne se doutait pas que les fumeurs de hasch éteindraient leurs mégots à leurs pieds dans le sable, que la police n'aurait qu'à ratisser léger pour trouver six cents joints, voilà Calixte en taule, moi je n'ai pas signé comme administrateur, je dormais dans mon lit, j'ai un mauvais réveil que j'ai toujours gardé, qui fut félicité pour service non rendu. Ce qui m'a réveillé c'est le coup de sonnette d'un type de Phonogram disant : « On fait un disque », au téléphone Barclay disait : « On fait un disque, mais il faut travailler », on a pris Phonogram, on n'aime pas travailler. Arrivés en studio, on n'a jamais vu ça, à part Cheri qui a fait un trente chez Vanguard, il n'avait qu'une seule piste et là on en a quatre, et comme on n'est que trois c'est vraiment du grand luxe. Plus tard sur une seule bande on en aura vingt-quatre et puis même quarante-huit, pour un homme comme Mezzrow, ça serait impensable, il avait commencé en gravant sur la cire, comme Montand qui un jour travaillant à New York alors que porte Maillot je mixais son album m'avait téléphoné et j'avais dit : « J'arrive, j'ai deux phrases un peu fausses, on va refaire la voix, j'amène le vingt-quatre pistes », il a répondu : « Fils, pour une voix pas la peine, n'en prends qu'une, ça suffit... »

On fait quatre chansons en deux heures sans problèmes, on les connaît si bien et puis on est contents d'enregistrer tout ça, devant un photographe qui fait deux-trois clichés, ce sera la pochette, noir et blanc, une seule face, si ce quarante-cinq tours passe un peu en radio, la prochaine, c'est juré sera tout en couleurs. On range les instruments et on file en vitesse, on attache sur le toit de la vieille 403 la grande basse de Cheri, on commence à neuf heures au théâtre Snob-in-Art où on lève le rideau d'un chanteur très en vogue. En jargon du métier c'est « lever le torchon », le rôle le plus ingrat de tout le music-hall qui consiste à chanter sans qu'on ne vous écoute pendant que dans la salle le public s'impatiente, certains changent de place ou enlèvent leurs manteaux, d'autres se serrent la main, s'embrassent, prennent rendez-vous, des chanteurs très menteurs disent que sous les lumières la salle est un trou noir mais on voit vraiment tout et même si mille personnes applaudissent vos chansons, quand quelqu'un tout au fond a l'air de s'ennuyer on oublie tous les autres, on ne joue que pour lui.

Les « leveurs de torchon » n'ont même pas droit aux loges, ils s'habillent en coulisses, mais c'était une époque où pour être crédible il fallait être en loques et les chanteurs connus arrivant en Rolls-Royce dans des costumes trois-pièces revêtaient des guenilles avant d'entrer en scène.

La 403 explose dans une grande rue passante devant la porte ancienne d'une école hébraïque, j'entre et je dis : « Shalom, puis-je téléphoner ? », là je tombe amoureux à la seconde même de la petite jeune fille qui garde les enfants, elle s'appelle Pauline, je l'invite au spectacle, elle dit oui, elle dit non, elle dit enfin « peut-être », et me laisse joindre Mike qui la semaine dernière a ouvert un garage avec le frère de lait de la belle Portugaise qui montrait ses dessous dans son bouge place Bara. Ils envoient une voiture, une Wartburg-Gesellschaft qui a dû voir la guerre mais on arrive à l'heure, on est plein de cambouis, la pop-star du spectacle jalouse nos oripeaux et nous demande même le nom de la boutique où on a trouvé ça.

J'ai droit à trois chansons, quatre s'il y a rappel et c'est souvent le cas, les gens un peu honteux d'avoir été bruyants au début du spectacle veulent se faire pardonner et font une ovation au type qui sort de scène. Je reviens saluer et j'attaque « Indigo », un blues en *la* mineur, Cheri joue à l'archet, je sors, je vois Pauline debout près d'une porte au bout d'une contre-allée, je range ma guitare dans les toilettes pour dames, il y a un faux plafond, c'est discret et pratique. On s'en va dans la nuit en traînant dans les rues, elle vit chez ses parents, l'Italienne m'a chassé, Pauline est bien trop belle pour une chambre d'hôtel, on s'embrasse pratiquement à chaque pas, on se cache dans les portes cochères jusqu'au marché aux fleurs et chaque millimètre de sa peau dont je tombe amoureux est moins beau que celui d'à côté. Le matin je reviens reprendre ma guitare, je n'ai plus d'engagement mais Jo le directeur du Snob-in-Art propose que je tienne le bistrot dont personne ne veut et qu'il a installé dans la cour du théâtre, autant faire carrément dans l'aliment lui-même que dans l'alimentaire comme ma maison de disques me demande de le faire.

Mike va tenir le bar, la petite Portugaise s'occupera de la salle et puis accessoirement des messieurs solitaires, Barlich sera en charge d'éplucher les pommes frites, notre menu est simple, frites avec œufs au plat ou œufs au plat sans frites, pareil pour les omelettes et pour les œufs brouillés. Mike a bien une recette de kefta de chez lui qu'on abandonne très vite à cause de nombreuses plaintes, il met tant de piment pour que la viande hachée qu'il achète Dieu sait où, on pense que c'est du chat, du chien ou même du rat, n'ait pas l'air trop douteuse, la Portugaise amène des ragoûts de morue, dessalant le poisson dans la chasse d'eau, elle dit que c'est le seul endroit où l'eau se renouvelle trois fois par heure sans qu'on doive s'en occuper.

Ils tapent tous dans la caisse, vident toutes mes bouteilles et je suis en faillite au bout de quatre jours, Hallias Topozoglou chante cette semaine-là au théâtre en solo, il m'invite à Paris, il a une boîte de disques qui fait beaucoup de jazz et des choses différentes, ça s'appelle « Charabiah » avec un h au bout. Il veut bien m'écouter, il me faut douze chansons et je n'en ai que dix, je compose dans le train sur le rythme des roues ma chanson « Louisville », j'appelle ça une roadsong, le rythme est important, pas moyen par exemple d'écrire dans un avion, toute la musique country vient du pas des chevaux et tous les sea shanties du roulis des bateaux, le train c'est le skiffle qui mélangé au blues donnera le rock and roll.

Topozoglou m'engage, on part pour La Rochelle où tous ses musiciens animent « Fêtes de la voile », on chante sur un trois-mâts nommé *Valet de pique*, le public lui sera installé sur le quai. On répète, tout va bien, on s'en va donc dîner, en revenant, plus tard, les gens sont installés mais le *Valet de pique* est plus bas de huit mètres, Hallias a oublié qu'il y a des marées, on joue, personne ne voit, les gens jettent des bouteilles, j'en prends une sur la tête, ça devient dangereux, Pinky Splash qui projette des films sous la pinède fait monter un des focs et lance un Betty Boop, dix minutes de répit, il faudrait fuir de là, je monte dans le dinghy et démarre le moteur, le réservoir est vide et me voilà en panne au milieu du chenal, il n'y a pas de rames et le phare des gendarmes me suit depuis le bord, ordre m'est intimé comme on dit dans la presse de ranger le canot, les types sont menaçants et c'est la première fois qu'ils ont dû voir quelqu'un pagayer à l'indienne du dos de sa guitare.

On repart aussitôt pour Vaison-la-Romaine, ma Pauline me rejoint, c'est les vacances scolaires, Hallias loue un grand mas, on est partis à huit, on est déjà soixante au bout de quelques jours, alors on quitte le mas pour l'immense bâtisse d'un collège agricole, lui vit en caravane, Topozoglou, pas fou, avec sa Véronique et son fils Jérémie pendant que toute la nuit les gens tapent des tambours, des tambourins, des cloches, dans le grand réfectoire en vidant les frigos. C'est un bruit infernal, quand arrive le soir, sur les planches c'est bien pis, les enfants montent en scène, sifflent dans des pipeaux, les allumés nous suivent avec leurs darboukas, il y a les cuillères, les tablas venus d'Inde, sans compter les kazoos, les guimbardes et les gongs, c'est l'époque où il faut qu'un public participe, il n'y a que les mimes à qui on foute la paix. On a une groupie belge avec des seins comme ça que le maire de la ville a trouvée dévêtue, chantant la Marseillaise couchée sur son bureau, agitant les drapeaux du quatorze juillet pendant qu'un musicien lui prenait la Bastille. On nous a dit : « Merci d'être venus, vraiment, on était très contents, on attend un ministre, on n'aura plus le temps de s'occuper de vous, on est tristes, on regrette, et puis l'année prochaine on compte tout baser sur la chorégraphie, êtes-vous libres dans cinq ans, non mais comme c'est dommage. » Là j'ai tout remballé, je suis tombé en panne près de Chalon-sur-Saône, avec ma belle Pauline et la ronde groupie belge, à la gare d'Austerlitz où on arrive en train, j'en ai marre de la route, je voudrais une pause, j'en ai marre de dormir dans des lits Zanzibar, je voudrais des voitures qui démarrent, qui s'arrêtent, des cigarettes d'avance, ne pas devoir compter la monnaie dans ma poche quand j'entre dans un bistrot, ne plus faire l'addition trois fois au restaurant avant de commander, prendre un train sans la trouille qu'il y ait un supplément, ne plus voler des caisses dont ma mère aurait honte quand il y a des taxis garés vraiment pas loin, avoir au moins une paire de chaussures de rechange, Hallias ne comprend pas que je quitte Charabiah pour signer dans une boîte qui nous donne des avances, qui me paie un loyer, des studios qui fonctionnent et tous les musiciens dont peut rêver quelqu'un qui fait ce métier-là.

Bon, j'ai moins de soucis, mais c'est pas vraiment mieux en multinationale, je traîne à mes talons une vieille réputation de fêtard pas sérieux. Un soir à la télé l'assistant m'a cherché dans tous les bars du coin, il était très furieux de me trouver enfin concentré et très sobre, répétant dans ma loge avec un quart Vittel, le seul endroit auquel il n'avait pas pensé.

Le cinéma me manque et le show-biz m'ennuie, je voudrais faire les deux mais c'est si difficile, les gens vous cataloguent musicien, cinéaste, plombier-zingueur, fleuriste, choisissez votre voie et restez sur les rails, celui qui s'en écarte finira en enfer, on dira « dilettante », mot si mal employé, les dessins, les sculptures, les chansons et les films, les livres et nos amours ça fait partie d'un tout comme les machines à sous et les camions de blues...

Je repars pour Bruxelles, déçu et un peu triste, j'écris *Beautiful Soup*, une histoire très complexe, c'est l'archange Gabriel qui redescend sur terre pour tout recommencer. Il annonce à Marie l'histoire du Saint-Esprit, elle se couche sur la table comme chez le gynéco, il a une sarbacane et le tour est joué, mais Marie la vilaine accouche de deux jumelles et Dieu est très fâché, il décide de reprendre tout depuis le début, depuis Adam et Ève, Gabriel et son pote, un archange subalterne sont d'accord pour Adam, une sorte de culturiste, mais quand il s'agit d'Ève là on ne s'entend plus, on recherche Frankenstein qui va faire un montage entre tous les morceaux, les jambes les plus jolies et le buste le plus beau, surmontés du visage pour lequel unanimes ils décident de voter après avoir fouillé dans tous les magazines. Pour se débarrasser du reste de la planète mais que la joie demeure, Armaguedon sera une pluie de missiles d'un silo de l'Otan aux ogives remplies de poudre aphrodisiaque, les cinq milliards d'humains forniquant nuit et jour s'éteindront d'épuisement, on s'aperçoit alors qu'un des rois mages venus pour la crèche est resté enfermé dans une malle parce que son beau-frère Joe a fait un putsch chez lui, comme il est cannibale et qu'il a cuit notre Ève dans une « beautiful soup » le voilà donc tout seul sur terre avec Adam, on finit en disant que ça n'est pas plus mal, pendant que nos archanges en gondole vénitienne s'en vont dans le déluge et que l'arche de Noé a une fois de plus oublié les licornes.

Avec quelques copains on monte une production et on s'en va à Londres voir un type qui travaille pour les films de James Bond, j'ai un bon assistant mais il est si fauché qu'Henri lui dégotte un prix du scénario. Ne se rendant pas compte que c'était pour l'aider et que son script est nul, il se prend pour Buñuel, trouve quelques dollars chez le père d'un copain qui voudrait faire l'acteur, tourne son film près d'Hébron, ça n'est jamais sorti.

Adieu *Beautiful Soup*, je repars avec Guy style

« The show must go on », on a un truc à Metz dans une maison des jeunes, je suis triste à pleurer et après le spectacle un groupe de gens voudraient qu'on vienne dîner chez eux, moi je connais trop bien ce genre d'invitation, c'est cassoulet en boîte, saucisson cellophane avec vin « de pays » en container plastique, le tout avec l'odeur des bâtonnets d'encens et des gamins qui crient, puis le dîner fini, un type sort sa guitare et chante cinquante chansons pendant que sa copine dans une longue robe indienne, une raie partageant en deux ses cheveux gras vous caresse le genou, ici c'est l'amour libre alors tout le monde s'en va vers cinq heures du matin, on reste sur le divan avec la robe indienne, on se laisse tripoter et on tripote un peu parce qu'il fait froid dehors et qu'on n'a pas d'hôtel et puis dès qu'elle s'endort et que le jour se lève on va dans la cuisine où s'empilent les assiettes en carton où se fige le gras du cassoulet, on fait bouillir de l'eau, trois grains de Nescafé traînent dans le fond d'un pot, il n'y a pas de tasse, on verse l'eau dans le pot, elle n'est pas assez chaude, le sucre ne fond pas bien mais on boit ça quand même dans l'odeur d'encens froid, on ramasse sa guitare et on sort doucement pour ne pas réveiller l'odalisque endormie allongée sur le dos arborant un sourire et des poils sous les bras, on s'en va dans la ville, cherchant où est la gare mais il n'y a personne pour vous l'indiquer et on marche vers nulle part, arrachant ses affiches placardées sur les murs.

Alors j'emmène le Guy au buffet de la gare, Metz est une de ces villes dites « de garnison », c'est plein de légionnaires et de troufions kaki, avec même dans un coin quatre chasseurs alpins, personne ne se mélange, l'atmosphère est tendue, deux types à cheveux longs qui baladent des guitares c'est sujet à moquerie chez les rasés-tondus, un soldat ivre mort nous bouscule, pas méchant, quand on passe vers une table, mais Guy est bruxellois alors il prend le verre du type et le renverse lentement sur sa tête, tous les kakis se lèvent, Guy saute derrière le bar, les légionnaires s'en mêlent, ça faisait bien deux heures qu'ils attendaient cela, c'est bagarre générale, mais moi je ne bouge pas, mi-Bogart, mi-John Wayne, immobile à ma table en contemplant ma bière. La police militaire arrive, matraque tout le monde, nous on monte dans le train mais ce n'est pas le bon, on arrive à Strasbourg, on allait à Bruxelles.

Nissim Topozoglou, vieux monsieur adorable et oncle d'Hallias voulait partir dix jours tranquilles aux Baléares, on le met dans le train, on lui range sa valise, c'est Paris-Barcelone, après c'est en bateau, pas d'adieux sur le quai, il déteste vraiment ça, il nous chasse tous les deux et puis sans doute descend s'acheter un journal puis remonte dans un autre, on a reçu une carte venant de Roumanie où Nissim nous disait qu'il y faisait très beau et qu'il nous embrassait.

CHAPITRE NEUF

Quand je pousse la porte de notre production, il y a plein de biscuits, du champagne partout, on ne fête pas l'Oscar pour le film d'Hébron mais l'arrivée, enfin, de Léopold Trepper, Roland mon associé a pu le faire sortir du goulag où il vit depuis la dernière guerre, on ne saura jamais comment Roland a fait pour le faire libérer. Chef de l'Orchestre rouge, un des plus grands espions que le monde ait connus, c'est un homme fatigué qui m'embrasse sur la joue, il a connu mon père en Hollande autrefois, son rêve c'est de mourir près de Jérusalem.

Je retrouverai Léo dans une chambre d'hôtel sur le boulevard Raspail, j'avais à la radio une émission de nuit, Trepper était venu pour parler de son livre, un peu fâché du film qui racontait sa vie. Roland prend rendez-vous, j'arrive avec des fleurs dans un hôtel discret et j'attends dans le hall, un jeune homme en imper me dit d'aller au coin, au bar-tabac Balto et d'attendre là-bas qu'on me téléphone. Là on me dit tout bas dans un anglais bizarre que je dois rencontrer un homme en costume bleu qui est assis au Dôme, on monte dans une voiture conduite par un type louche et on revient tout droit vers cet hôtel discret. Le jeune type en imper me fouille dans l'ascenseur en s'excusant, Léo n'aime pas trop quand c'est simple, depuis qu'il a quitté sa prison polonaise il a repris ses tics et ses vieilles habitudes. Il m'offre des harengs, du pain noir très amer avec du beurre salé, on croque des malossols, on vide quelques vodkas, j'oublie mon interview. Il part en Israël et me donne rendez-vous, c'est là qu'on se verra mais pour la dernière fois, il s'était installé, un peu provocateur, dans un coin dangereux, un quartier occupé, là il m'a dit : « Petit, reprends vite ton avion, la guerre commence demain » et il avait raison, le lendemain matin, c'était jour de Kippour, on attaque Israël, le Mossad le savait mais les gens de Tsahal voulaient que tout le monde croie qu'ils étaient victimes d'une traîtrise des Arabes pour frapper un grand coup en étant dans leur droit.

Assaf « Assi » Dayan, le fils du général qui a joué dans ce film qui m'a coûté le mien, m'avait prêté une chambre dans son appartement en haut de la vieille ville, d'habitude je m'installe à la porte de Jaffa à la pension Gloria tenue par un vieux copte, c'est plein de pèlerins, de prêtres et c'est joyeux, ils marchent dans les couloirs récitant leurs bréviaires, quand je ramène des « Pam » ils me grondent gentiment, me menacent de l'enfer, moi je dis : « Ça m'arrange, je veux voir Talleyrand », mais ils ne comprennent pas et hochent un peu la tête d'un air dubitatif. Comme je rentre très tard, que le gardien est sourd, on peut taper trois heures sur la porte blindée sans qu'il lève une paupière, j'escalade la façade et rentre par les toits, je les ai vus parfois passant par leurs fenêtres, mes gentils moralistes en compagnie galante.

Un soir d'humeur disons quelque peu facétieuse et sachant qu'un grand groupe venant du Vatican partait par un avion à sept heures trente précise j'ai voulu avancer d'une heure l'heure du départ en bougeant les aiguilles de l'horloge dans le hall en hommage au poète, copain d'Henry Miller, qui réveillait Athènes en imitant un coq du haut de l'Acropole à cinq heures du matin. Alors les autres coqs se mettaient à chanter et réveillaient la ville qui partait au travail avec une heure d'avance, c'était un grand honneur qu'il le fasse pour vous, il ne le faisait que pour des amis choisis. L'horloge s'est décrochée, est tombée sur le sol dans un vacarme d'enfer, le type dormait toujours dans le lit-légionnaire qu'il avait disposé en travers de l'entrée pour être vraiment sûr qu'on ne force pas la porte, une mitraillette Uzi bien serrée contre lui comme Oona qui serrait sa peluche dans ses bras.

On avait bien dîné chez Assi de homus, tahina et salades, bu du vin du Carmel avec deux belles sabras, Assi aime les bonnes choses et surtout les belles filles, en arrivant chez lui on s'attend à tout ça. À cinq heures du matin il est mobilisé et c'est la première fois et sans doute la dernière que j'amène un soldat au front en Porsche rouge avec deux belles gamines qui jettent leurs soutiens-gorge et leurs petites culottes à la troupe en passant.

Léo, trente ans plus tard, a toujours ses antennes et il sait tant de choses qu'aujourd'hui je comprends pourquoi Staline lui-même ne l'a pas fait descendre, je l'appelais souvent et ça l'amusait bien, en partant quelque part pour savoir si l'endroit allait rester tranquille dans les dix jours suivants, je m'étais fait piéger dans un club de vacances par la guerre gréco-turque, invité à Patras par Gérard, le cousin d'Hallias Topozoglou, avec mon ami Treese, le plus beau guitariste que j'aie jamais connu, il ne jouait pas comme tous ces types de l'époque, c'est-à-dire « gunfighter », qui dégainaient leurs notes comme on dégaine un colt et tiraient bien plus vite que tous les autres en face. Il aimait les silences et comme disait Mozart, bien sûr pas Beethoven, le silence fait partie aussi de la musique.

Plus d'avions, de bateaux, de quinze à soixante ans on mobilise les Grecs et quatre cents touristes, français donc très râleurs, sont seuls dans le village devant se faire leur bouffe, éplucher les patates, peler les calamars et embrocher l'agneau. On me charge tous les soirs de divertir les gens, pour changer des concours de seins peints sur la plage, je trouve deux vacanciers, un couple de coiffeurs qui habitent vers Mulhouse et proposent de chanter des Lieder de Schubert, de Mahler, mais il faut un piano sur la scène, j'en parle au directeur, proposant ma soirée de « Lieder allemands ». Il me répond très sec : « Jamais de politique, au club c'est un principe. » Aujourd'hui je me dis qu'il a compris « leaders ».

J'abandonne donc le club et aussi ses principes, je trouve un vieux camion qui m'amène à Athènes où j'ai quelques copains, j'y déniche un hôtel, mais tous les étrangers doivent rester dans leurs chambres et des soldats de garde sont postés à la porte. Il y a un soupirail près de la buanderie, je cours à la Plaka en prenant les impasses, je connais bien la ville et j'arrive chez Takis, j'entends les bouzoukis qui la jouent en sourdine et on ne m'ouvre pas pour cause de couvre-feu. La routine, l'escalade, et enfin la terrasse où la baronne Framboise a passé la plus belle des nuits de toute sa vie, je descends l'escalier et j'arrive dans la salle, tout le monde a changé, musiciens et patron, on me jette dehors dans les bras d'une patrouille qui cherchait de quoi boire et m'amène à l'hôtel, je ressors, rebelote, là je finis au trou avec quelques gitons et aussi quelques filles, deux mots à la radio, je parle mal le grec mais je comprends quand même qu'on a viré enfin ces maudits colonels, les flics ont vraiment peur et jettent leurs uniformes, l'un d'eux veut acheter mon tee-shirt Amnesty, je dis : « Ouvre la porte », on entend des pétards, peut-être un revolver, les rats quittent le navire et je suis torse nu marchant dans l'avenue. Les fenêtres commencent partout à s'éclairer, les Athéniens après dix ans de vraie terreur osent sortir de chez eux, un homme chante une chanson de Theodorakis debout sur un taxi, tout le monde la reprend d'abord très timidement, et puis les voix s'élèvent et c'est la première fois que j'entends toute une ville chanter la même chanson.

L'équipe a ramené d'Israël trois cents mètres de pellicule couleur qu'ils n'ont pas employée, du trente-cinq millimètres de chez Eastman-Color, j'oublie *Beautiful Soup* je vais faire autre chose, je pense à une histoire de seulement dix minutes, Bernadette Soubirous me paraît un bon thème : la petite est laissée par sa mère plus qu'indigne le soir où son mari tue l'huissier de justice venu pour le loyer dans un coron sinistre, elle s'en va, laissant là ses enfants et s'installe dans la belle Bugatti du patron de l'usine, des tziganes interviennent et volent la petite fille qui des années plus tard allant chercher de l'eau a une apparition, devant elle la

Sainte Vierge ouvre grand son manteau, genre exhibitionniste, elle est nue en dessous, la gamine cherche refuge dans l'église à côté, le curé est vampire, Quasimodo la sauve en plantant un pieu dans la poitrine du vilain, il en sort du pétrole, ça attire des Arabes dont un cheikh qui la vend, cher, à Omar Sharif, il n'a pas de papiers et se fait arrêter par la police française mais elle est recueillie par l'Armée du Salut qui bien sûr la bazarde à un boucher casher pour quelques images pieuses qu'on donne aux communiants, le boucher la découpe, saint Nicolas arrive quand elle est en morceaux et rassemble tout ça, elle se met en ménage vraiment reconnaissante avec le saint poivrot, en allant faire des courses elle tombe sur un savant, il veut greffer son cœur au corps d'Eva Perón qui attend au frigo mais Superman arrive, et là grande déception, c'est l'amant du savant, mais Tarzan intervient, l'emmène à Zanzibar, dans leur folle nuit de noces ils tombent tous deux de l'arbre. Quand elle arrive au ciel, Dieu paraît très content de la voir mais de Gaulle ayant pris le pouvoir au paradis l'emmène, et le mot « fin » s'inscrit sur une image du Christ portant péniblement une grande croix de Lorraine...

Moi j'aime les histoires simples, quand je commence un script, il y a un homme qui marche et jusque-là ça va, puis il rencontre une fille et là ça va encore, au bout de deux minutes il faut cent éléphants, toute la flotte de Nelson et les armées du tsar, c'est pourquoi j'ai toujours eu du mal à finir les films que je faisais, mais là ma Pauline m'aide et me coud les costumes, elle a quitté l'école, on vit dans une maison prêtée par un copain du Théâtre national où on a fait chanter cent choristes trois bons mois sans même gagner trois sous, à l'époque être jeune c'était pire que d'avoir un nom propre écossais dans la vieille Angleterre. Maintenant au contraire dès trente ans on nous dit qu'il faut passer la main, on est sur un plongeoir et des types montent l'échelle, dès qu'ils sortent du berceau ils poussent déjà derrière, mais au bord de la planche, les orteils recourbés sur le bord en sisal, nous on n'a pas du tout l'intention de sauter, en tout cas pas trop vite...

C'est une très grande maison qu'avaient ses grands-parents qui plairait à Hitchcock, ils sont morts tous les deux à dix jours d'intervalle, les étages sont sinistres et on vit tout en bas, Pauline ne monte jamais une marche d'escalier. Quand on ne tourne pas *Bernadette Soubirous* je refais des chansons, j'ai rencontré Bill Stich un vieil ami de Treese, il est ce qu'on appelle en argot musical une « épée » du banjo dans la country là-bas, j'ai trouvé un budget pour partir à Woodstock faire un quarante-cinq tours dès le film terminé. Je travaille dans un coin, un genre de pigeonnier où je n'ai pas de place et je cogne le manche de ma vieille Favino, une guitare sur mesure qu'Hallias m'a offerte, le luthier de Brassens et de Django Reinhardt, un vrai petit bijou, caisse Gibson, manche Martin's, un vraiment beau cadeau. En allant la chercher j'ai croisé Cascabel et je lui ai dit bonjour, il m'a serré la main d'un air indifférent, il m'avait oublié, je ne lui en veux pas, un homme qui fait qu'un jour une déesse danse pour vous en relevant ses jupes un flamenco si près qu'on sent tous ses parfums, on lui pardonne tout.

J'enlève les sièges avant de la Daimler cassée

attendant au garage que quelqu'un la répare, je m'installe à l'arrière et je fabrique une table avec une planche de bois et des caisses à oranges, ça sent très bon le cuir mais c'est inconfortable alors je pousse la porte du salon des fantômes en demandant pardon de m'installer ainsi, mais ils aiment la musique et je crois aux fantômes, on est faits pour s'entendre. Je compose des chansons, je m'habitue un peu à cette ambiance étrange, un soir, plus de gitanes, il faut dire qu'à Bruxelles il n'y a pas de tabacs, trouver des cigarettes passé huit heures du soir c'est comme chercher des poux sur la tête d'un homme chauve. Je dis en parlant haut : « S'il y a des cigares, quelque chose à fumer, fantômes, soyez gentils, dites-moi donc où ils sont », une intuition précise me dirige vraiment droit vers le haut d'un buffet où une boîte Karl Uppman avait été cachée, je dis que tant qu'à faire un petit coup à boire ce serait encore mieux, et la même intuition m'amène vers un fauteuil, je soulève le coussin, une bouteille de porto presque pleine m'y attend et tous les imbéciles qui refusent de croire aux fantômes ont bien tort, j'en ai une petite troupe, quand je cherche un accord difficile à trouver j'appelle Mozart ou Duke, dans la seconde qui suit j'ai l'accord dans les doigts, pour un trille de trompette j'appelle Tommy Lannier, Armstrong, Cootie Williams, pour ouvrir une voiture quand j'ai perdu mes clés j'appelle mon copain Marc et quand je me sens seul dans un hôtel perdu j'appelle Martine Carol, Marilyn ou Mansfield, mon oreiller se change en rondeurs voluptueuses et je m'endors la tête nichée dans leurs nichons, comme aurait dit Lapointe, autre fantôme à moi.

Jean-Hubert Pamoyson vient s'installer chez nous avec femme et enfants, il a quitté Paris où il s'était nommé « conseil » chez Charabiah, il s'habille en Chinois tout en bleu et pieds nus, le copain qui nous loge dit d'accord s'il repeint un étage, ce sera rose fuchsia et violet, quant aux moulures orange on verra ça plus tard. Il a trouvé un job et travaille pour un type, un inventeur d'ici qui fabrique des chaussettes en soie ignifugée à jeter des immeubles dans les cas d'incendie. Ça peut faire trente étages, Jean-Hubert est testeur et se lance là-dedans, quand il arrive en bas il salue comme le font les trapézistes au cirque, ils les ont même essayées à la tour Montparnasse devant trois cents pompiers tout à fait consternés. Son épouse et Pauline décident qu'un jour sur deux elles feront la cuisine, lundi toi, mardi moi, alors les jours impairs on a des spaghetti, les jours pairs, spaghetti mais avec du jambon, Pauline est dépensière, moi je prends tout en main et je m'achète des livres, puis je jette les livres, je vais improviser, je découpe, je rissole, je mélange les épices, je suis doué pour cent choses, j'ai du talent parfois, mais s'il y a un domaine où là j'ai du génie c'est quand traînent trois olives, deux tomates, une carcasse de poulet de la veille, une pauvre aubergine et trois champignons tristes j'en fais un vrai dîner, je suis le Michel-Ange de tous les frigos vides qu'on ouvre un dimanche soir en rentrant de Maubeuge après un pneu crevé et une panne de delco quand on a animé la fête de la saucisse entre un groupe folklorique « Les Chtimis d'Avrincourt » et un imitateur qui croit faire l'accent belge en parlant en vaudois.

On construit mes décors partout dans la maison

dont l'étal du boucher qui découpe Bernadette, j'achète aux abattoirs de gros quartiers de viande, la maman de ma belle m'a montré comment faire pour négocier ces choses, elle achète tout un bœuf et puis elle le congèle, bien plus tard en venant voir sa fille à Paris elle avait des gigots surgelés dans un sac, j'ai été la chercher à son train de Bruxelles, on a pris le métro et je portais le sac, les gens me regardaient d'un air épouvanté, dans la chaleur du train ça s'était mis à fondre, j'avais une mare de sang qui coulait du plastique, j'étais Jack l'Éventreur trimbalant sa victime, une femme très certainement découpée en morceaux.

CHAPITRE DIX

Bernadette est monté, on s'envole pour New York, petite Pauline et moi et c'est la première fois que depuis ma naissance je revois l'Amérique, je voulais un visa mais j'ai eu un passeport, le Vietnam est fini, il y a amnistie et même les déserteurs peuvent rentrer au pays, ils ont des banderoles dans tout l'aéroport disant : « Welcome back home », le pays est à terre, le dollar ne vaut rien, le monde entier les hait et ça leur fait très mal, ils ne voient pas pourquoi on les déteste autant, ils ont sauvé l'Europe alors qu'ils s'en foutaient, et puis à la limite le nazisme pourquoi pas, c'était en tout cas mieux que ces rouges diaboliques qui violent les femmes enceintes et qui mangent les enfants, le grand Lindbergh avait serré la main d'Hitler, pourquoi casser la gueule du copain d'un héros, et puis au fond l'Europe personne ne sait où c'est, quand je dis que je viens de Paris, on demande : « Paris, Arizona ? », moi je dis : « Paris, France » et les visages se ferment, ça prendra bien vingt ans pour qu'ils reviennent chez nous avec des prospectus de machines à laver comme le capitaine Cook avec ses verroteries censées amadouer les guerriers maoris pendant que ses marins violentaient les jeunes filles, mais la seule différence c'est qu'ici on n'a pas beaucoup d'anthropophages, le dernier qu'on ait eu c'était un Japonais et si nos filles parfois aiment être violentées, c'est avec élégance, une « délicate balance » comme le disait Shakespeare qui m'a appris bien plus qu'à vendre des saucisses. Plus tard Malcolm Lowry reprendra le vocable, mais tous ces culs-terreux ne comprendront jamais, ils s'achètent des manuels et alors ça donne ça : on se glisse dans le lit d'une fille disons jolie, une fille de magazine comme ils en ont cent mille rien qu'à San Francisco avec de tout partout, souvent siliconé mais ça on s'habitue, on bouffe son rouge à lèvres, la belle n'a pas pensé qu'on préférerait le goût de sa lèvre à celui de la graisse de baleine que Revlon rebaptise « Purple Gloom », « Fandango », « Acapulco Sunrise », mais ce sont des poètes chez Revlon, comme Byron.

Jusque-là c'est pas grave, on défait leurs dentelles qui viennent de *Sex Apple* sur Cinquième Avenue, on pose une paume furtive sur une fesse en passant, on se fait rabrouer, ce n'est pas dans le livre, plus tard mais pas maintenant, d'abord il faut glisser la main dans ses cheveux, elle vous dit : « Pas comme ça, il faut partir des tempes en allant vers la nuque », on prend garde à ne pas décoiffer son brushing et voilà arrivé le moment important où on mordille l'oreille en contournant la boucle aussi grande que la roue d'un scooter italien, puis on passe derrière elle en frôlant son épaule, vraiment du bout des cils, on effleure du menton quand on s'est bien rasé le duvet qui suit l'ombre de son épine dorsale, attention pas à gauche ni à droite, au milieu, tout écart est puni par un « Never do that » que je ne traduis pas, moi je reste au milieu. C'est là qu'elle se retourne, présentant son nombril qu'elle vous refuse d'abord, on s'attarde sur ses hanches et on remonte un peu après vingt-six secondes, laissant traîner une main, la droite si c'est possible sauf si on est gaucher, qui servira plus tard, là c'est un peu trop tôt, à caresser sa cuisse d'abord à l'extérieur, mais on n'en est pas là, pour l'instant on agace avec intelligence et la même incisive qui a servi plus haut une des pointes dressées qui affolent toute la ville quand elle met un body pour aller faire ses courses. On taquine un peu l'autre entre pouce et index, mais c'est facultatif parce qu'elle cambre les reins et là c'est le signal indiquant que les doigts qui sont restés en bas sont invités enfin à s'approcher du pli que fait joliment l'aine, à l'endroit où le torse et les jambes se rejoignent, là s'ennuient quelques poils rescapés du salon de beauté qui l'épile, et puis quand elle soupire, dit quelque chose comme « Yes », on peut enfin partir à l'assaut du saint Graal. Mais c'est trop scientifique pour qu'on décrive bien les pressions, rotations, les sens, les contre-sens qu'indique leur manuel, quand on arrive à l' « acte » comme on dit à Stratford, les ordres sont précis, les cadences et les rythmes, on dirait une séance de gymnastique suédoise, elle arrache vos cheveux en hurlant à tue-tête, mais sa boucle d'oreille crève le water-bed et deux cents litres d'eau noient son appartement, elle prend des serpillières, son mari rentre tôt, elle dira : « C'est le chat qui a dû faire ses griffes », on s'habille, on s'en va, dans le Height Ashbury on croise des couples homos qui se tiennent par la main, souvent on se moque d'eux, mais là on les envie...

Quand j'arrive à New York par le Queensborough Bridge, je découvre Manhattan comme dans *West Side Story*, je veux aller au Bronx pour voir où je suis né, aucun taxi n'accepte, c'est déjà un enfer, c'était un bel endroit avec de belles maisons, on dirait maintenant un bistrot de Soho après que Vince Taylor a fini un concert, c'est un grand terrain vague, une cité bombardée, et le Portoricain du taxi clandestin qui veut bien m'y conduire dit qu'on ne s'arrête pas aux stops ni aux feux rouges et si un pneu éclate, alors chacun pour soi...

Au Port Authority on prend un Greyhound bus qui nous mène à Kingston dans l'État de New York mais vraiment tout au nord et là Bill nous attend dans sa grosse camionnette, on dîne au Joyous Lake qui est en plein Woodstock, on croit que c'est ici qu'a eu lieu le plus grand festival de l'histoire mais le maire a eu peur, les affiches étaient faites et c'est resté « Woodstock » dans la mémoire des gens, tout ça s'était passé à cinquante kilomètres plus au sud des Catskills.

On s'assoit, on commande, arrive Paul Butterfield du Butterfield Blues Band, c'est un ami de Bill, un géant du blues blanc, on boit un verre ensemble, je demande s'il y a des musiciens en ville, il répond : « Si tu trouves un seul type dans cette ville qui soit pas musicien, tu m'appelles, t'es gentil, ça fait au moins dix jours que je cherche un dentiste. » La belle petite serveuse, le repas terminé, demande si on voudrait voir le show, deux dollars par personne, je lui dis d'accord sans demander de quel show il s'agit, je finis mon café et la musique commence et c'est Muddy Waters qui entonne « Rolling Stone », je n'en crois pas mes yeux ni mes oreilles non plus.

Au bout d'une demi-heure il s'arrête pour une pause, je le rejoins au bar, je lui offre un bourbon, quand je sors mes billets pour payer les boissons, il les prend, les remet tout froissés dans ma poche disant : « Laisse ça, fiston, laisse payer l'oldtimer, tu auras toute ta vie pour payer à ton tour. » Je propose un « request » comme on peut faire là-bas quand on voudrait entendre un air particulier, il fait : « Say nothing, man », se dirige vers la scène et entonne la chanson que j'allais demander.

Bill habite une maison de vrai célibataire où chaque grain de poussière a sa place définie, c'est l'homme le plus avare que j'aie vu de ma vie, il était à Paris, Hollywood téléphone pour demander un thème pour un film d'aventure, ils voudraient un banjo et ont pensé à lui, un avion pour L.A. c'est une trop grande dépense alors Bill leur conseille un copain musicien et la bande du film a fait un « hit » mondial, un des plus grands succès musicaux de ce siècle. Ici la tradition veut que quand quelqu'un donne du boulot à un autre il reçoive en retour un cadeau de, mettons, dix pour cent de l'affaire, Bill a eu un Dalí qui pend dans son salon et je l'ai vu la nuit contemplant son tableau en pleurant en silence.

Butterfield a raison, trouver des musiciens ce n'est pas comme en France, on prend l'auto, on tourne, on rencontre les gens, un batteur historique est assis sur un pont, « Qu'est-ce que tu fais demain », si le bonhomme est libre, il vient pour une séance. On fait le disque dans un studio en forêt et l'ingénieur du son me dit : « Si vous voulez on ferme les fenêtres, tout ce que vous risquez c'est d'avoir un oiseau qui chante sur votre bande. » Le soir on part dîner dans les bars à côté, partout des guitaristes jouent et au Joyous Lake dès le lendemain soir il y a Sonny Terry avec Brownie McGee, à l'église Pete Seeger, une légende vivante chante « Guantanamera » et tous les types du Band, le groupe de Bob Dylan, font un petit concert dans un café plus bas, j'entends tant de musique que j'ai un peu de mal à finir mes chansons, entre rock et country je tourne vraiment en rond. Les choristes me prêtent leur voiture pour aller à High Falls où on a vécu dès ma naissance quand mon père fatigué par le bruit de New York voulait un atelier calme dans la campagne, je demande la maison qu'avait le peintre russe, mais tout le monde est russe et tout le monde est peintre, il y a tant de bouleaux dans ce coin d'Amérique qu'ils se sentent chez eux, j'ai appelé ma mère pour savoir où était la maison, elle m'a dit : « C'est une maison en bois sur la route de Mohonk », mais la route de Mohonk est bordée de maisons et elles sont toutes en bois, alors je passe devant et devant chacune d'elles je m'arrête un instant en les regardant toutes avec plein d'émotion me disant que la mienne doit être dans le tas.

J'avais fait un dîner pour tous les musiciens, un bon cari-poulé comme Mme Fonseca me faisait aux Anges noirs, il faut des raisins secs, il est neuf heures du soir, les boutiques sont fermées, Bill a ouvert sa cave, il y a à manger pour au moins cent personnes dans le cas d'une attaque atomique force trois. Mes deux chansons finies, il me ramène au bus, je lui donne un bon chèque pour trois heures de travail, il veut que je rachète un sachet de raisins, je lui dis : « Tu rigoles », mais non, mais pas du tout, il y a des gens comme ça, j'ai fait dix kilomètres pour trouver un Arabe ouvert un jour de grève, pour remplacer la boîte de salsifis nature que j'avais chez Pinky ouverte une nuit où là on animait la fête du pruneau à Agen et j'ai dû remonter sept étages pour qu'elle trône sur une étagère vide, Pinky était nerveux, il partageait son flat, la boîte de salsifis était à son copain.

On repasse par New York, Barlin Twist m'y invite, il est mon éditeur, on fait des livres ensemble, dont un abécédaire qui amuse les enfants parce qu'il faut savoir lire pour lire notre méthode censée apprendre à lire. Barlin est un poète, nos livres ne se vendent pas, pire que Topozoglou, il se fâche rapidement avec toute la planète, il est tellement fauché et aussi tellement fier qu'il fait semblant d'avoir déjà dîné deux fois quand il m'invite en ville, il m'emmène au Village et il m'installe au Dear's sur le même tabouret qu'avait Dylan Thomas, dit : « J'ai une course à faire », il part, revient trois fois, en fait il fait le tour de toutes ses connaissances essayant de taper vingt dollars pour dîner. Barlin boit un peu trop, un jour à Ibiza, dans la petite maison que Dominique me prête, je l'avais invité et je pars le chercher au vieil aérodrome qui n'était qu'une piste d'herbes folles à l'époque, les avions qui faisaient Barcelone-Ibiza étaient des DC-3 de l'avant-dernière-guerre et les pilotes primés s'ils n'usaient pas les pneus atterrissaient sur l'une ou l'autre des deux roues, réservoir moitié plein pour ne pas qu'ils s'en aillent revendre leur avion à Alger, ça s'est vu. Après New York-Paris puis Paris-Barcelone, dévalisant sans doute toutes les boutiques free tax, il arrive ivre mort et monte dans ma voiture, on passe une vieille église de pur style espagnol, il se tourne vers moi et me dit presque en larmes : « Qu'est-ce que j'aime le Mexique. Dieu que j'aime le Mexique. » La mode était un peu aux hallucinogènes et j'ai passé mon temps à rattraper les gens qui habitaient chez moi, l'un se croyait oiseau, sautait par la fenêtre, heureusement du premier, en bas c'était du sable, l'autre était un iguane et rampait vers la mer, je remontais l'oiseau qui sautait aussitôt que je tirais l'iguane hors de l'eau et Barlin pendant ce va-et-vient qui a duré six jours vidait toutes ses bouteilles de free tax en disant : « God I love Mexico, God I love Mexico. »

Moi c'est New York que j'aime, que je découvre enfin, je marche le long des rues en me tordant le cou comme quand j'essayais de faire un baiser à Kate dans notre hôtel Mermoz. Pas besoin de Byron, quand je lis « Bowery », je comprends qu'un copain de Peter Stuyvesant y avait une ferme, en fait une « boerij », c'était sans doute la route ou plutôt le chemin qui allait vers chez lui, là c'est une avenue, au moins trois kilomètres de clochards allongés, c'est très impressionnant de voir trois kilomètres de gobelets tendus, c'est bien moins dangereux qu'aujourd'hui les drogués qui tuent pour cinq dollars et tuent encore plus vite si on ne les a pas, alors dans ma poche gauche j'ai toujours un billet, des « nickels » pour les cloches qui tintent dans ma poche droite et mon argent ailleurs, où je mettais jadis les saucissons pur porc volés dans les campings. Depuis lors j'ai un truc qui s'avère très fiable pour ne pas qu'on m'ennuie, dès qu'un camé s'approche j'ai des tics, des mouvements qu'ont les épileptiques et je parle tout seul en insultant le monde, regardant devant moi, les yeux exorbités, même le pire des junkies, l'homme le plus dangereux cherche une autre victime, se disant celui-là ce n'est pas un client et je traverse la ville sans rasoirs ni couteaux.

Mon disque ne marche pas, il faudra bien dix ans pour qu'on aime la country et je viens comme toujours trop tôt ou bien trop tard, la seule télévision qu'aient trouvée mes agents c'est dans une émission qui passe quand la ville dort à Télé-Luxembourg. Je m'y rends en voiture, c'est un endroit sinistre et pratiquement prussien, quand je reviens le soir je m'arrête à Verdun sur une aire de repos avec un restoroute et je vois les voitures, toutes les plaques sont allemandes, je m'achète une grosse boîte d'allumettes familiale et j'en coince une à chaque pipette de chambre à air, c'est étonnant le bruit que peuvent faire vingt voitures dont les pneus se dégonflent, c'est une soufflerie, j'ai regretté plus tard d'avoir fait ça, mais bon, les Allemands devraient faire un tout petit détour quand ils arrivent en France pour éviter d'entrer en passant par Verdun.

Tant pis pour la musique, tant pis pour la country, je vais faire autre chose, refaire des aliments pas de l'alimentaire, mon avion de New York s'est arrêté à Londres, là ma sœur m'a montré un endroit à la mode, c'est le Hard Rock Café, musique toni truante et bouffe genre hamburger, qu'une des adaptatrices des bouquins de Miller avait traduit un jour par « sandwich hambourgeois », je n'ose imaginer ce qu'en dirait Byron. Je trouverai à Bruxelles un garage à louer, avec des carreaux blancs et des outils aux murs, j'y mettrai des voitures, de belles décapotables, des Cads, des De

Soto, renversant les banquettes pour pouvoir installer une table au milieu, je ferai faire pour moi des petits pains spéciaux moulés en forme de seins et des barmaids en short serviront les sodas, Burt Blanca et son groupe joueront tous les week-ends, la viande hachée viendra du fournisseur de Mike, je trouverai l'argent chez un limonadier, je vois déjà l'endroit, rempli de lolitas, c'est une affaire qui roule, on commence demain.

CHAPITRE ONZE

Pour faire ce genre de chose il faut un associé, j'ai un copain en ville peut-être un peu escroc qui vendait des blue-jeans sous le nom d'Ann O'Neam, pseudo que je trouvais foncièrement sympathique, « Société Ann O'Neam » c'était fait pour me plaire, son vrai nom c'est Rappas, ça fait fuir les clients, mais je lui fais confiance, il m'a même invité le jour de son mariage. Jean-Hubert Pamoyson sera notre avocat, le barreau l'a repris, il a purgé sa peine, peut de nouveau plaider mais c'est très provisoire, on va dans son bureau pour signer les papiers d'une nouvelle compagnie, on signe un peu trop vite, il a sur les statuts mis son nom en petit comme administrateur, et là on s'aperçoit qu'on est trois associés, c'est trop tard mais tant pis, on monte dans sa Rover et on sillonne Bruxelles pour trouver un garage. J'imagine déjà les serveuses moulées dans de beaux débardeurs avec mon nom dessus, surtout rien en dessous, et puis le samedi soir, rock and roll avec Burt, on chantera en duo quelques airs de Taylor, peut-être « Twenty Flight Rock » ou bien « Japanese Doll », avec tout cet argent qui va tomber en caisse grâce à mes hambourgeois, mes spare-ribs, mes milk-shakes, j'aurai une Cadillac plus grande que Bouglione, mais peut-être pas rose, vert pistache pour changer, garée devant la porte et puis un tuxedo réversible bien sûr, bleu lagon d'un côté et mordoré de l'autre, j'irai de table en table, tapant sur les épaules des clients très flattés de connaître le patron, j'offrirai l'apéro, peloterai gentiment leurs petites fiancées, ils n'oseront rien dire, autant en profiter sinon à quoi ça sert d'être patron, que diable.

On va manger une soupe chez Tony sur la place dite « Du Jeu-de-Balle », ils jouent l'après-midi après le vieux marché qui commence à cinq heures, en France on appelle ça « jeu de paume », c'est pareil, des Basques dans les armées de Charles Quint ont dû importer ça un jour comme le jeu de pétanque était venu de Rome, Cicéron parle déjà de galets lourds et ronds qu'on lançait à vingt pas vers une boule de cyprès, ce que les culs-terreux nomment à tort « cochonnet », les joueurs appellent ça le « petit » ou le « but », « cochonnet » fait penser à ces boules en plastique qu'on voit dans les campings et qui sont remplies d'eau ou quelquefois de sable, je jouais à Saint-Paul quand j'étais tout gamin, du café de la place mon père m'encourageait en lisant *Nice-Matin* devant un diabolo.

En bas de chez Tony se trouve le magasin d'un type que tout le monde connaît comme « le Siffleur », il siffle avec des trilles comme on fait à San Juan et c'est un personnage respecté dans le coin. Il vend tout ce qu'il trouve dans les cafés qui ferment et je cherche un juke-box années cinquante-soixante, s'il y en a un en ville il est chez le Siffleur. On finit notre soupe et on sort sur la place, on voit une grande pancarte dans la rue du Renard qui longe la caserne des pompiers de Bruxelles, une maison à louer, une maison ancienne toute en briques espagnoles avec d'immenses poutres, un loyer dérisoire parce que tout est en ruine, pas tellement mieux qu'au Bronx mais on signe le bail. L'endroit est bien trop beau pour un Hard Rock Café, on décide donc d'en faire un restaurant de luxe, typiquement des Marolles, le quartier où nous sommes, adieu mes lolitas, adieu tétons pointus perçant les débardeurs, adieu Cadillac verte, adieu « Twenty Flight Rock », on jure à un brasseur qu'on vendra de la bière, il nous avance l'argent pour qu'on fasse les travaux et nous voilà partis pour faire les Trois Chicons, un nom que j'ai trouvé, ça veut dire « trois endives », en hommage à un type que j'ai connu jadis, qui s'appelait Arnold, il vivait à Montrouge et cultivait l'endive dans son appartement, il est mort tragiquement mais c'est une autre histoire.

On commence par vider au moins trois containers de saletés qui s'entassent depuis la dernière guerre, notre propriétaire faisait du marché noir, on trouve même des factures pour la Kommandantur. Puis je refais les toits, j'aime vraiment faire les toits, on est là-haut tout seul, on travaille à son rythme, on voit par les fenêtres les gens dans leurs maisons, j'en ai refait pas mal, si on compte en longueur, à peu près deux cents mètres et puis j'ai arrêté, un matin, le vertige, comme dans un Frison-Roche que j'ai lu en cellule à Genève dans le temps où un guide alpiniste tout à coup a le trac, sauf que dans le bouquin ça s'arrangeait pour lui alors que moi-même sur un petit escabeau en changeant une ampoule j'en ai des sueurs froides.

On ne peut pas tout faire, si je retape les toits,

Pamoyson est meilleur avocat que maçon, ce qui n'est pas peu dire, c'est un homme très étrange qui est intelligent mais fait des choses bizarres comme de construire chez lui une nouvelle salle de bains dans la cage d'escalier : il achète des chevrons mais les pose tout à plat pour économiser alors que logiquement on les pose sur la tranche, trouve une vieille baignoire, une vieille baignoire en fonte, la scelle et la raccorde et puis remplit son bain, lui doit faire cent kilos, plus le poids de la fonte et plus le poids de l'eau, tout s'écroule et il passe à travers le plancher, la tuyauterie en cuivre retenant la baignoire, il arrive dans le hall sur un toboggan, atterrit sur ses pieds, son beau-père bâtonnier à la cour de justice vient à peine d'entrer, Pamoyson ruisselant et tout nu le salue en disant : « Bienvenue, servez-vous quelque chose, je reviens tout de suite. »

Rappas, lui, fait les courses et dans sa camionnette nous ramène du ciment, du plâtre et des parpaings mais il s'arrête en route et fait tous les cafés où parfois il s'endort, ça va prendre dix ans et j'engage une équipe, il y a Gaby l'Andouille qui joue du limonaire et fait la maçonnerie avec Pierrot P'tit Sac, lui un vrai Marollien qui a tenu deux nuits dans sa chambre de bonne un fusil à la main quand les flics sont venus pour l'arrêter un jour et qu'on appelle ainsi parce qu'à chaque boulot qu'on va lui demander, c'est : « D'accord, un p'tit sac », un p'tit sac par ici c'est disons vingt dollars. Ils travaillent vraiment bien jusqu'à dix ou onze heures, du matin, on s'entend, après ils sont bourrés, ils s'engueulent et se lancent des truelles à la tête, moi je fais la police, mais j'ai parfois du mal.

Les Marolles c'est vraiment un quartier très à part, on y parle le « bourgoïnch », certains disent que c'était la langue des Bourguignons de Charles le Téméraire mais d'autres pensent aussi que c'est l'adaptation du français « baragouin », c'est une langue qu'on entend uniquement par ici, chez des gens très âgés, les jeunes parlent un mélange de français, d'espagnol et bien sûr de flamand mais même Henri Conscience n'y comprendrait plus rien...

Ils sont très chaleureux et très voyous dans l'âme, ils vivent d'expédients mais uniquement par choix, c'est leur sport favori et c'est presque de l'art, le matin au A'met, vieux marché en jargon, on y trouvait de tout, maintenant tous les snobs sont arrivés ici et jouent les antiquaires, les voyous sont partis et c'est très à la mode. Mais ma rue à l'époque c'est la cour des miracles avec l'électricien qu'on appelle « le Loup » parce que après quelques bières il monte à son grenier et là hurle à la mort du haut d'une tabatière qu'il ouvre sur son toit, deux numéros plus haut il y a le magasin de vêtements usagés de madame Klackmuilders, une immense Flamande qui passe à peine sa porte, maîtresse de son voisin, le libraire d'à côté qui vend des Série Noire, des livres d'occasion et de vieux magazines, en fait M. Lévy vend des ouvrages coquins qu'il achète en Hollande, changeant les couvertures, et ses clients emportent *Prends-moi comme un sauvage* recouvert d'une jaquette sur laquelle on peut lire : *Sainte Thérèse d'Avila, sa foi, sa vie, son œuvre.* Juste en face il y a l'autre magasin de vêtements tous tombés du camion, ça s'appelle Chez Marcia et son mari volage, dès que Lévy s'en va en train à Rotterdam chercher un stock de livres, passe par la porte arrière, oubliant son travail à l'hôpital Saint-Pierre qui consiste tous les jours à préparer les morts, mais lui ne les rase pas, et n'habille pas non plus, son emploi c'est de bien bourrer les orifices de coton hydrophile. Il fait ça depuis qu'on l'a refusé deux fois au concours des gendarmes dans les années soixante, le Loup quand il le voit depuis son vasistas entrer chez Klackmuilders comme c'est un bon copain hurle deux fois plus fort pour couvrir leurs ébats, la marchande est bruyante, passe deux cents décibels à peine qu'on la culbute.

En face il y a Tino de la Puerta del Sol avec une femme plus moche que son bouledogue est laid, on y mange des sardines et on y boit un verre le soir quand il fait noir, on n'a pas de lumière, c'est là qu'il me demande quelque chose d'encore pire que n'avait demandé l'ermite un peu cinglé qui voulait que j'abatte son vieux chien au fusil, Tino veut que je coupe son index à la hache pour qu'il bénéficie d'une pension « Mutuelle » et si j'ai refusé, dès le lundi suivant, Tino tout souriant arborait son pansement. Est-ce que c'est Pamoyson, Gaby ou bien Pierrot, on ne saura jamais, mais l'homme était content et a payé à boire.

Le resto avance bien, Rappas nous trouve des tables qu'un pub en Angleterre revend pour trois fois rien, le père de ma Pauline nous a fait le chauffage, il est bon chauffagiste, un génie en son genre, alors on peut ouvrir dans les délais prévus. On a tout installé, les cuisines, les frigos, le tout bien sûr volé, on a trouvé un chef qui comprend ce qu'on veut, relit les vieilles recettes et en invente d'autres, des œufs à la Breughel, Bosmans et Coppenole,

Barlich est aux légumes, ce coup-ci sérieusement, on ne fait pas de frites. Mike m'a laissé tomber et moisit en prison du côté d'Agadir, une affaire vraiment sombre de contrebasse bourrée de poisons défendus lors d'une « Semaine du Jazz », et puis comme par hasard l'instrument en question appartient à Cheri, mon vieux copain jazzman, un matin on me serre en sortant de chez moi, c'est la brigade des stups qui me coince en auto, la main sur le holster, un type s'approche de moi et me tend une photo de Cheri en disant avec un accent belge : « Do you know Patterson ? », je dis : « Je connais l'homme mais pas sous ce nom-là », j'ai dû être cité dans l'affaire de la boîte de Calixte dans le temps où ils ont ratissé six cents joints en une heure, je suis sans doute fiché, ils fouillent toute la maison, je dois avoir l'air louche, j'ai fumé un pétard une fois dans toute ma vie chez un vieil Africain et j'ai tétanisé pendant au moins trois jours. Je n'ai jamais de chance quand ça touche à la drogue, comme ce jour où j'ai fait une petite émission au festival de Cannes : j'étais sur un podium avec quelques acteurs, un type organisait une collecte de sang dans un grand bus tout blanc garé juste à côté, il sort une seringue, il faut montrer l'exemple, cinq cents personnes autour, comment se défiler, je repars avec un morceau de sparadrap collé au pli du coude, on déjeune à Saint-Paul, invités par Baldwin, pendant tout le repas il me fait la morale, disant : « C'est dangereux », il croit que je me shoote, j'ai beau lui expliquer cette histoire de Croix-Rouge, il me sermonne encore quand, presque convaincu, un chanteur très célèbre, connu pour ses excès quand il s'agit de dope entre à la

Colombe d'or et me tombe dans les bras et là fout tout par terre.

L'ouverture le samedi est vraiment un succès, Picha est revenu de New York où il vit et vient de terminer avec un vieil ami un guide du « Tout Bruxelles », ils nous mettent une bonne note et puis là j'ai l'idée d'offrir une table ouverte à tous les mannequins qui passent par la ville, au bout de deux-trois jours on a tant de belles filles qui viennent dîner chez nous que ça se sait très vite et on refuse du monde à peine qu'on soit ouvert. Le chef, caractériel, dès qu'on dit quelque chose veut ranger ses couteaux, c'est l'équivalent de « je rends mon tablier ». Il part toutes les deux heures et je lui cours derrière, je lui offre un porto chez Tino, il revient, Rappas et Pamoyson eux ne savent pas s'y prendre, il faut avoir le même caractère de cochon pour s'entendre avec un caractère de cochon, eux sont des louvoyeurs, Pamoyson reçoit bien tous les gens du barreau, Rappas est très utile quand quelques Siciliens proposent une protection, il dit : « On est d'accord, mais on paie pas deux fois, on donne déjà la dîme au cartel yougoslave, faudrait vous arranger et revenez nous voir. » Répétant la même chose à l'envers au cartel des Yougos, on n'a plus de visites, de menaces, faut dire que le boxeur qui aimait tant qu'on chante « Complainte du roi Renaud » devenu pacifiste est notre jardinier et que Pierrot P'tit Sac a sa réputation.

J'avais mis au menu un plat n'existant pas appelé « steak Godot », un jour un type le veut, on le lui déconseille, mais il insiste tant qu'on lui prend sa commande, on amène les entrées, on sert leurs plats aux autres, le client s'impatiente, on envoie Pamoyson afin qu'il lui explique que le vrai steak Godot ça peut prendre du temps, quand ils sont au dessert et qu'il n'a toujours rien, il commence à crier, le chef sort de cuisine brandissant un hachoir, disant : « Monsieur, un steak, c'est fait en deux minutes, mais pas un steak Godot, ça monsieur, ça s'attend », l'homme comprend un peu tard et s'en va en cassant une chaise en passant, j'ai un sens de l'humour qu'on perçoit souvent mal.

Une des trois seules radios qu'il y avait à l'époque m'engage, animateur d'une émission de nuit, je dois quitter la ville, je repars pour Paris, je suis si bien payé que je n'hésite pas et je laisse la maison que me louait Prosper, bien sûr baron aussi et ami de ma mère qui habite au-dessus du château de Beersel. Quand je rentre au matin, épuisé, presque mort, il m'attend sur la route appuyé sur sa canne et demande : « Dites-moi, que penser de James Joyce ? » Je laisse mon restaurant aux mains de mes deux fourbes qui s'occupent de tout et surtout de la caisse, Jean-Hubert Pamoyson s'achète une belle voiture, part avec la serveuse, une petite Guerli, on le raye à nouveau du barreau de Bruxelles, mais il a l'habitude, son beau-père bâtonnier dit qu'il bafoue l'honneur de sa fille qui faisait les spaghetti chez moi seulement un jour sur deux, les jours sans le jambon, elle cuisine si mal que Rappas pense qu'elle rate même l'eau qu'elle fait bouillir pour se faire une tisane...

Quand je tenais le soir notre restaurant chic, j'avais bien tout fermé, je rentrais à la ferme où m'attendait Pauline, des musiciens arrivent, revenant d'Amsterdam, ils ne trouvent pas d'hôtel et débarquent chez moi vers deux heures du matin, je n'ai rien à manger, je n'ai plus rien à boire, je fonce aux Trois Chicons et tout est allumé, j'avais pourtant éteint et bouclé toutes les portes. Ranjan notre plongeur qui lui dort à l'étage et garde la maison à peine qu'on soit partis rouvre en grand la boutique et là ça se transforme en rade pakistanais. Il y a vingt-cinq turbans qui tapent le carton, Ranjan me jure qu'il n'use que le gaz et les lampes, il achète tout le reste, même le sel et le poivre, moi ça me fait marrer autant qu'un steak Godot, j'emporte trois bouteilles et lui taxe un curry, ma voiture est en panne et me voilà poussé dans la rue du Renard par dix enturbannés.

C'est la fin de l'année, il faut faire des papiers pour notre société, un bilan, quelque chose, je ne peux pas quitter ma radio et j'envoie une feuille blanche mais signée, ils rempliront le reste, moi je n'ai pas le temps de monter à Bruxelles, et puis je fais confiance, Jean-Hubert Pamoyson était mon avocat. Un jour silence total, plus personne ne répond, au bout de quelques mois j'enregistre deux heures d'émission de week-end, histoire de voir de près comment ça va là-bas, je me gare dans la rue et je pousse la porte, un petit moustachu me dit : « Vous êtes combien », ils avaient tout vendu avec ma feuille signée et c'était devenu une pizzeria moldave. J'aurais pu tout casser, je connaissais les joints et les moindres défauts des cloisons et des murs, mais je suis reparti dans mon camion de blues, les Moldaves après tout n'étaient pas dans le coup.

Rappas voulait construire une maison escargot que j'avais dessinée, il est agoraphobe, tout s'enroulait autour d'une piscine intérieure, c'était un très beau plan et il était censé une fois sa fortune faite la bâtir dans le bush de la Nouvelle-Zélande d'où venait sa jeune femme, s'il avait réussi à bâtir l'escargot, et même avec mon plan et mon argent volé, moi j'aurais dit bravo, une belle escroquerie qui mène à quelque chose, j'ai toujours apprécié, comme ce type qui vendait des bouts de tour Eiffel à des fermiers texans, ou cet homme, un poète, proposant en sachets de l' « Eau Déshydratée Pour Campeurs ». Pamoyson a tenté, j'étais là, en vain de le défendre, mais un tel avocat peut vous coûter perpète et même la guillotine pour une contravention s'il se prend à plaider, je peux vous l'assurer.

Rappas n'est pas parti, mais c'est très bruxellois, comme mon Pierrot P'tit Sac venant au restaurant avec Jerry qui ne joue plus « Jeux interdits », habillés en trappeurs avec des sacs à dos et des vestes en mouton qu'ils ont cousues eux-mêmes, ils avaient des fusils et des raquettes de neige, allaient chasser le loup, on dit qu'en Sibérie on vous donne cent dollars par animal tué, on a trinqué ensemble avec de la vodka et on s'est embrassés, alors ils sont partis avec des provisions sous les applaudissements des clients subjugués par ces aventuriers qui se sont endormis à la porte de Halle, à cent mètres de là où ils avaient planté leur premier bivouac.

Jean-Hubert impliqué dans l'affaire de la vente des Chicons est rayé du barreau pour toujours, au péage de Péronne, je l'ai vu l'autre jour, dans la file d'à côté, au volant d'une vieille caisse, j'avais ma Burnham Green, parfois il faut savoir à quelle locomotive accrocher son wagon.

CHAPITRE DOUZE

Mon émission commence à minuit et finit à une heure du matin, on passe toutes sortes de choses, du rock et du blue grass, du funky et du jazz, Christian Geldreich, un faune, un des Niebelungen qui trotte sur des sabots datant de l'île de Wight descend du J and B comme d'autres boivent de l'eau, il produit notre show et a une copine qui travaille à Air France sur le Paris-New York, elle nous ramène des disques, on fait donc ce que font les F.M. aujourd'hui avec vingt ans d'avance, j'ai un appartement tout en haut de Montmartre, je vois la ville entière de mon lit le matin, j'y mets le vieux juke-box trouvé chez le Siffleur, tout ça est vraiment luxe mais ne va pas durer, j'ai poussé trop de monde sur un petit plongeoir.

J'organise des concours comme « Montez en side-car jusqu'au studio ce soir, vous aurez des cadeaux », alors des types se cognent dans tous les escaliers, vrombissements de moteurs et taches d'huile partout, je loue deux Dakota, frères de ces DC-3 qui faisaient dans le temps Barcelone-Ibiza, on n'en a pas besoin, c'était juste pour voir, le chef de logistique nous demande : « Pourquoi deux ? » et Christian lui répond qu'on est deux, c'est d'accord, il trouve ça logique, il était dans l'armée, on va juste boire un verre à Bordeaux, on revient, on aurait demandé Apollo, on l'avait pour peu qu'on lui précise l'heure de la mise à feu.

Pendant qu'il monte les pubs je traîne dans la maison, je croise dans les couloirs mon vieux maître à penser, Francis Blanche qui voudrait avoir un vrai bureau, il crie tant qu'à la fin le directeur décide de casser les toilettes qu'il y a au premier, on peint les murs en beige, on met de la moquette, et quand tout est fini il va voir son bureau, se dirige vers un coin, ouvre en grand sa braguette et pisse contre le mur. C'est peut-être impoli, mais un acteur célèbre que sa femme trompait avec un gigolo et à qui elle avait offert un restaurant est descendu un soir dans une vieille Delahaye conduite par un ami, c'était à Ramatuelle, je jouais des folksongs à des gamines pâmées, il est entré furieux, baissant son pantalon et a fait encore pire au milieu des clients pendant que son copain en faisant de grands gestes essayait de lui dire : « On s'est trompés d'adresse, c'est pas le bon resto. »

Christian me met souvent des disques que je n'aime pas, je le dis à l'antenne et alors on s'engueule, il me jette des bobines à travers le studio, Pauline fait l'interprète quand on ne se parle plus, j'ai été le dernier à voir Christian vivant sur un lit d'hôpital plein de tuyaux partout, il s'était cassé deux côtes dans un accident, et là, septicémie, sans doute une seringue sale, il est mort dans la nuit. Si à chaque fois que je me suis cassé des côtes j'avais dû en mourir, je serais mort cent fois, l'hôpital était sale et des années plus tard quand on m'a tripoté quelque chose aux poumons dans ce même Hôtel-

Dieu, j'étais sur le billard et tremblais comme une feuille, l'anesthésiste m'a dit : « Est-ce que vous avez froid ? », j'ai répondu : « Pas froid, mademoiselle, j'ai la trouille. »

Parfois je mets des plages qui durent vingt-deux minutes et vais faire un flipper au café juste au coin, mes motos, mes concours, l'homme de la logistique fait installer des portes modernes et coulissantes pour qu'on n'entre plus en side-car dans la boîte, le premier à rester coincé entre les portes c'est lui et puis voilà, je suis viré, mais bon, Pauline n'aime pas Montmartre, il y a trop de clochards, pas des clochards gentils comme on voit dans les films, des anciens d'Algérie qui se battent toute la nuit, boivent et braillent, s'entre-tuent, des types vraiment méchants et le petit bambin que ma belle nous a fait n'ose même pas traverser la place où ils « habitent » pour aller à l'école, il fait de grands détours, on a tout essayé, les battes et les bâtons, même les fusils à pompe du voisin d'en dessous ça ne fait pas grand-chose, puis j'ai eu une idée, le jet d'eau, là, l'horreur, ils s'en vont vraiment vite, c'est pire que la mitraille, mais ils reviennent après et je me vois très mal jouant les infirmières d'un centre thalasso du haut de mon balcon à Montmartre le soir.

On se trouve une maison perdue dans la campagne, c'est le Bronx dans les champs et c'est encore l'été, mais quand viendra l'hiver, comme le père de Pauline n'a pas vraiment le temps de nous faire le chauffage on va dormir à trois dans un lit à moins dix avec des édredons, des bonnets, des chaussettes, je tape à la machine avec une paire de gants. Mélusine, une amie, la fille de ce baron qui voulait le matin me parler de James Joyce quand, crevé, je rentrais du resto à Beersel, connaît bien un maçon qui a tout restauré chez Leonard Cohen dans sa maison d'Hydra, à une heure du Pirée, et moi je dis d'accord parce que j'aime bien Cohen et voilà John-Paul Jacques, mais ça se prononce « Jakes », qui arrive chez moi et me massacre tout en chantant dès huit heures l'air de *My Fair Lady* changeant toutes les paroles avec l'accent cockney. Il fait tomber les tuiles et cimente à tout va, scie en tranches mon balai pour faire un backgammon, découpe une paire de bottes qu'un ami m'a donnée au niveau des chevilles, John-Paul Jacques a disons le mollet très « Louis Quinze », c'est ce genre de mollet bien trop gros pour des bottes. Je m'éveille, je m'endors avec « My fat lady », sa version personnelle du succès de Broadway. Quand il s'en va enfin parce que sa mère lui manque, l'endroit est encore pire, il faudra tout refaire, si un jour je repasse à Hydra j'aimerais voir ce qu'il a bien pu faire de la maison Cohen, j'imagine les dégâts, c'est peut-être pour cela que le type chante si triste, un mois de John-Paul Jacques et je chantais peut-être le blues encore plus noir que Billie Holiday, d'autant plus que le père de Pauline passe la main à la fin d'une partie de poker animée. On se dit toujours que les gens vivront mille ans et qu'on a tout le temps pour s'asseoir sur un banc quelque part en Provence avec deux rosés frais attendant que la piste se libère pour les boules...

Les radios qu'on dit libres invitent les types comme moi, qu'ils appellent « marginaux », à venir dans leurs shows, les chanteurs reconnus refusent et on arrive dans des fermes, des usines ou des caves, des blockhaus, à Meaux ou Vaucouleurs à trois heures du matin en ayant pataugé dans des champs de luzerne, la Volvo d'occasion embourbée et la fille qui vous accompagnait piquant une crise de nerfs, déchirant son tee-shirt à la gendarmerie, on passe la nuit au poste, un tracteur au matin vous remet sur la route, on vous a siphonné et volé tous les pneus, alors on prend le train et rentrés à Paris la radio téléphone vous traitant de lâcheur. Quand ils auront le droit d'exister légalement ils ne passeront que nous, notre vie va changer, on deviendra des stars, non pas de l'underground, des stars à part entière avec un service d'ordre composé de Chinois experts en arts martiaux, d'un ancien d'Indochine et d'un tonton-macoute qui rien qu'avec ses dents déchire un crocodile ou coule un sous-marin, on aura un fan-club près du boulevard Péreire, avec des secrétaires qui font tout plein d'enfants dont on sera parrains pour poser en photo dans les pages « C'est la Vie » des plus grands magazines, on défera des robes sur les banquettes en skaï des cafés de province, sur le cuir des voitures dans des coins incertains, on fera des carrières presque internationales et les gens dans la rue diront : « Tiens c'est bizarre, je le croyais plus grand », ce qui est très vexant sauf bien sûr pour Pierral dont les gens disaient qu'ils le croyaient plus petit. Après vingt ou trente ans on louera l'Olympia pour y faire nos adieux, on ira tous à Gordes peindre des paysages qu'on vendra aux enchères au profit d'un chanteur qui a eu moins de chance et vit dans un taudis ou un pavillon triste et qui a fait danser pendant tellement d'années les fourmis dans les bals. Elles se souviennent encore de l'air qu'il a joué quand elles ont embrassé « Pam » pour la première fois, elles regardent sa photo vautrées dans leurs salons pendant que lui il meurt sur une méchante paillasse sans une main dans la sienne, ça fait partie du jeu.

Voilà que ces radios à peine légalisées passent les trucs à la mode, on s'est tous fait avoir, on est tous à la rue, toutes les maisons de disques annulent les contrats, les gens qui ne vendent pas cinquante mille trente-trois tours se retrouvent comme avant avec le choix très simple soit de refaire la manche aux terrasses des cafés, soit d'ouvrir des cafés où d'autres font la manche. Je range ma guitare, mes stylos, mes papiers et je pars pour le Maroc où m'a invité Morre, l'ancien batteur de jazz qui à la Gueule de bois avait fini barman puis pochard, puis clochard à cause d'une « Pomponette » qui l'avait délaissé pour un metteur en scène d'avant-guerre italien. Il avait surnagé et était directeur d'un village de vacances comme le Topozoglou qui m'invitait en Grèce voilà quelques années. Quelqu'un en Martinique m'avait bien signalé un type un peu cinglé qui jouait du wash-board, c'est une planche à laver qu'on frappe avec les doigts munis de dés à coudre, il chantait « Louisville » avec l'accent gantois, mais j'étais loin de croire qu'un jour quelqu'un verrait le Morre en paréo, m'interprétant ainsi devant trois cents Texans en goguette aux Antilles.

Comme il change de village tous les cinq ou six mois, il est à Ouarzazate et s'ennuie à mourir au milieu du désert dans un hôtel-ashram, scrabble sur la terrasse après méditation, sans parler du yoga, du dîner riz complet avec du bouillon d'algues, un sorbet au plancton, pour un fêtard comme lui ça paraissait morose, d'où cette invitation en forme de S.O.S...

Je mets bien dix-sept heures à traverser l'Espagne, Pauline elle reste en route tout près d'Almería, son frère fait le chauffage de la piscine en cœur d'une dame nommée Brevin qui habite à New York. J'arrive par Gibraltar et la route est bouclée, les Espagnols refusent de me laisser passer, je détourne un canot qui part vers Ceuta avec quelques sourires et mes derniers billets.

Un bus pour Marrakech, un taxi pour le sud, qui ignore que je n'ai pas un rond pour payer, mais au col du Tishka il y a un tripot qui fait un peu bordel et un peu casino, seul endroit du Maroc où on trouve du whisky à part les grands hôtels et les commissariats. Il y a un billard, un « Pool » comme à Brooklyn, le tapis est troué et les cannes sont tordues, mais je suis un joueur qui aime les coups tordus, j'ai déjà gagné là il y a quelques années de quoi vivre deux mois et j'espère un pigeon qui paiera ma voiture et les consommations.

Le taxi s'impatiente quand arrive un gros car, c'est le circuit d'un club, le col est sous la neige, il faut attendre un peu, je plume deux Anversois qui se prennent pour Newman rejouant *L'arnaqueur* mais ne touchent pas une bille, j'empoche trois cents dirhams, ça va régler ma course, le col est dégagé, on dévale la colline, l'autocar dans nos roues et les quarante-cinq Belges qui voyagent depuis l'aube pour se dépayser arrivent devant l'hôtel, on les gare dans les dunes, le parking est ce soir un terrain de football où les joueurs locaux affrontent Molenbeek-Sud, une équipe composée de vieux copains de Morre, des anciens du Welkom et de la Gueule de bois, des hôtesses en blouses blanches leur offrent une Stella et un cornet de frites, pickels et mayonnaise, dans l'hôtel la musique c'est surtout du Jacques Brel et Bobejaans Coppens, « t' Pompier van Brussel Zuid », le dîner waterzoi, moules et encore des frites puis des boules de l'Yser arrivent pour le dessert. Ils restent consternés au bord de la piscine où patauge en ciré un pêcheur de crevettes, quand ils ont acheté leur tour organisé, à Bruges, Ostende ou Diest, ça s'appelait pourtant « Sortilège du Maroc ».

Ça dégénère un peu, ça finit en bagarre, Peter l'Indien se fâche, il voudrait la grosse blonde que Yann Ray-Ban tripote, Juju l'Accordéon, ancien du Katanga, qui aimait tant porter des colliers faits d'oreilles tape sur tout ce qui bouge, puis entonne une chanson assis dans la fontaine, c'est « Les frères O'Leary », un truc que j'ai écrit dans ma période Dublin, et dont le refrain disait :

On met de l'eau dans notre whiskey
Plus souvent que notre bain
Mais n'est pas né celui qui
Verra de l'eau dans notre vin...

Les touristes affolés demandent leur consulat, Morre me montre du doigt, dit : « Votre consul est là », et moi au bout du bar comme toujours mi-Bogart, mi-John Wayne quand on casse, le nez bien dans mon verre pour ne pas faire de vagues, je prends les choses en main, je monte sur le comptoir, je demande le silence, je veux qu'on chante en chœur « De Poembak ist kaputt », alors tout le monde se calme et chante à l'unisson, les voyous de Bruxelles et les bourgeois de Gand, mais la police arrive et c'est moi qu'on embarque, on m'expulse du Maroc destination New York parce que sur mon passeport c'est de là que je viens, comme il n'y a pas d'avions directs pour l'Amérique, la police négocie avec mon ambassade, on trouve un strapontin dans le 747 qui ramène Kissinger d'une mission dans le coin.

Barlin Twist est venu me chercher au dépôt avec Georges, le jeune frère de ma petite Pauline, il commence un chantier Madison Avenue pour cette Mme Brevin rentrée d'Almería, elle aime tant son travail et sans doute les extras qu'il prodiguait le soir au bord de la piscine qu'elle veut qu'il refasse tout, cuisines et salles de bains dans une town-house qu'elle a 74e Rue, Georges est le seul plombier qui voyage en Concorde. Il me prend comme manœuvre, je voulais à quinze ans devenir architecte, il faut bien mettre un jour le pied à l'étrier. D'abord il faut virer les quatre locataires qui ont bien sûr des baux et de bons avocats, comme un étage est vide j'ai l'excellente idée d'installer un groupe punk que je trouve à Soho, les plus sales de la ville, le genre de types qui se font même peur à eux-mêmes quand ils croisent un miroir. Le loyer est gratuit, pas de problèmes de bruit, ils ramènent des vilaines qu'ils sautent dans l'ascenseur, vomissent dans l'escalier, arrosent les boîtes aux lettres, les locataires s'enfuient, on commence le chantier, on prend des ouvriers venant tous de Harlem, maqués par des flics louches qui paient en cocaïne, ils m'emmènent en patrouille dans leur vieille Police-car et on traverse le Bronx et c'est la fin du monde. Des gamins en guenilles s'éventrent pour une Camel, vendent leurs mères, leurs sœurs qui ne sont même pas pubères pour une bière, un tee-shirt, un demi-gramme de crack, des gros types en camion passent et puis les ramassent, les renversent à plusieurs, les jettent un peu plus loin, elles traînent de terrains vagues en buildings désolés, jusqu'au prochain camion qui passera par là avec les prochains types puant la Budweiser, le mazout et la sueur, elles se laisseront faire, les cris, personne n'entend, qu'on vous brûle la peau avec des cigarettes, qu'on vous coupe au cutter, qu'on vous jette dans l'Hudson, qu'on vous tire comme un lièvre en comptant jusqu'à trois, un jour tous ces gamins, du Bronx ou d'Haïti, de Rio, Bogota, de Bombay, Calcutta, grandis dans les poubelles et les rues de Bangkok viendront casser nos vitres, défoncer nos parkings et nos congélateurs, empaler les grosses fesses de nos « Pam » qui s'étalent sur les tables en éponge des salons de beauté avec nos clubs de golf, le manche fait sur mesure de nos raquettes de squash, ils nous égorgeront avec nos opinels redessinés par Starck, argent et or massif, boufferont nos yorkshires sur de grands barbecues où brûleront les pages de nos prix Pulitzer. Quand ce jour-là viendra et qui est annoncé, faut pas venir se plaindre, prier ou supplier, le guichet sera comme dans les grands magasins, rayon réclamations, fermé jusqu'à plus tard, pire qu'une gare de province quand une casquette déjeune et qu'on veut un billet pour rentrer à Paris, pas de réservation, ni premières ni secondes, pas même de wagon-bar dans ce train qui arrive, Dieu sait quand il viendra, dans quel pays, quelle gare, dans un an, dans dix ans, dans vingt années peut-être, balayant tous les gens qui s'écoutent parler pendant que d'autres crient et que personne n'entend, je sais j'en fais partie et l'oreille sur le rail, je guette le train qui vient, je sais qu'il est en route et puis le jour venu je vais fuir comme un rat, pas parce que j'aurai peur, non, parce que j'aurai honte.

On a presque fini le chantier et les punks refusent de s'en aller, pas prévu au programme, pas moyen de revendre, pas moyen de louer, Brevin achète nos flics pour chasser tout le monde, elle compte vraiment sur nous pour aider à la tâche, on s'excuse, mais ce soir au Metropolitan, Montand fait sa première, on va pas rater ça. Topozoglou lui a chantonné « Louisville » à la Colombe, comme ça, on dit « a capella », est-ce que ça voudrait dire chanter « à la chapelle », mais la moindre chapelle a bien un harmonium à défaut de grandes orgues avec quelqu'un qui joue plus ou moins trois accords et qui s'applique vraiment, en espérant surtout avoir une petite chance d'aller au Paradis, en tout cas plus qu'un riche monté sur un chameau et qui voudrait passer par le chas d'une aiguille que quelqu'un a perdue dans une grande meule de foin ou quelque chose comme ça, c'est dans les Évangiles. Les hommes sont présomptueux de penser un instant qu'ils puissent avoir plus beau que ce qu'ils ont sur terre.

On se loue des smokings, on arrive dans la salle, Yves me chante ma chanson devant cinq mille personnes et la petite ouvreuse en me voyant en larmes dit : « Pourquoi pleurez-vous, c'est une chanson gaie », comment lui expliquer que le grand type là-bas tout en noir sur la scène chante une chanson de moi dans la ville d'où je viens, New York City, New York, et que c'est mon ami... Il invite tout le monde à dîner chez Ciro's, je reçois un mot sur un ticket de vestiaire me disant qu'on s'en va vers Little Italy, Georges embarque une choriste et l'emmène à l'hôtel, il déteste les filles qui crient pendant l'amour et sait que les choristes doivent ménager leur voix.

Montand a dû serrer tant de mains que ses doigts lui font mal, on s'en va dans une grande limousine, il dit qu'on va dîner chez un de ses copains qui fait ses pâtes lui-même, je lui dis qu'il est tard et que tout est fermé, il répond d'un sourire, on roule très lentement le long des avenues et on arrive enfin devant la trattoria. Tous les stores sont baissés devant le restaurant, là j'insiste : « Tu vois bien, c'est fermé, à l'hôtel on trouvera un truc à bouffer, un sandwich ou une cuisse de poulet », il sourit plus encore et sort de la voiture en enlevant sa veste et entonne une chanson italienne à tue-tête, des fenêtres s'éclairent et le store de métal s'ouvre sur le patron dans un pyjama bleu, tout le quartier s'éveille et vient le saluer, la patronne fait bouillir des chaudrons, on s'affaire, on dresse sur des tréteaux une grande table en cuisine à cause des gens qui dorment, elle amène du jambon et des poivrons à l'huile pour nous faire patienter pendant qu'elle cuit les pâtes, des pâtes au basilic, à la napolitaine, « alla matriciana », le parmesan en bloc est posé au milieu, on l'effrite au couteau, on chante des airs napolitains surtout, Roberto Murollo et des traditionnels, j'y vais même d'une de mes vieilles chansons provençales, j'ai un accueil poli, personne n'écoute vraiment, de jeunes gens endormis poussés par leurs parents présentent leurs fiancées, on renvoie la Limo et on remonte Broadway de Down-

Town à Up-Town et les vitrines en ville affichent toutes des photos de lui, de Marilyn, d'Édith Piaf qu'ils adorent, de Simone qu'ils vénèrent, c'est la seule Française à avoir eu l'Oscar, il les tient dans ses bras ou il les fait danser, c'est le roi de New York, je suis le prince consort, on danse plus qu'on ne marche et ça me fait penser à ces belles promenades où m'emmenait mon père, de Vence à Saint-Jeannet vers la chapelle Matisse, où à peine à huit ans il voulait m'expliquer les théories d'Einstein qu'il ne comprenait pas tellement mieux que son fils, mais on était d'accord tous les deux pour se dire que les mathématiques c'est de la poésie...

CHAPITRE TREIZE

Après dix ans, disons, de mépris très courtois, les gens me sollicitent, je deviens à la mode, on me demande de tout, des « Louisville » bien sûr, mais aussi des paroles pour un hymne officiel au Mundial de football, on glisse entre mes draps des filles d'à peine quinze ans qu'on voudrait faire chanter, une actrice très étrange qui a posé pour *Lui* arrive en nuisette rose en plein mois de janvier à notre rendez-vous et commence un strip-tease à l'arrêt du taxi sur les Champs-Élysées en chantant « Rock my soul » torse nu dans l'allée, j'ai des Blacks et des Browns, j'ai des « Black, Brown and Beige » mais c'est loin d'Ellington, tellement loin d'Ellington, je refuse tout en bloc, je voudrais faire un disque, ça fait bientôt douze ans que je n'ai plus chanté, aucune maison sérieuse ne me produirait plus, si je suis courtisé comme auteur à la mode je suis le seul chanteur tout à fait oublié avant d'être connu. J'ai enfin les moyens d'avoir des musiciens, j'apprends à diriger et ça me plaît vraiment même si certains sont chiens et commencent à jouer faux tout en fin de séance pour qu'on en paie une autre. Je comprends vite le truc, Little Johnny McCloud m'a montré comment bien maîtriser une session, il arrive en studio, salue vaguement tout le monde, distribue à chacun la partition du jour en gardant son manteau, on voit qu'il est pressé, il n'a pas de baguette, il frappe sur son pupitre avec un stylo-bille, pas d'esbroufe, pas de frime, il dit de s'accorder et quand tout le monde est prêt demande une tenue puis d'une voix monocorde dit : « Le troisième violon a un *ré* un peu bas. » L'instrument est en bois et l'accord est fragile, l'homme est terrorisé qu'entre vingt-cinq archets on l'ait repéré lui, c'est un peu despotique mais les violons sont durs, on en a même trouvé un qui feuilletait *Playboy* dans l'étui à ses pieds à l'aide de ses orteils tout en jouant Mozart. Ils auraient tous voulu être des Menuhin alors ils méprisent ceux qui font des variétés, inventent n'importe quoi pour se venger de nous qui sommes censés rouler dans des Cadillac roses et des De Soto mauves, et même des rose et mauve sans parler des groupies qui défoncent nos loges, dansent la danse des sept voiles sur nos tables de nuit pendant qu'eux dans la fosse s'ennuient à l'Opéra, matant les épaules maigres de la petite harpiste qui en plus est mariée.

C'est sans doute pour tout ça que j'aime tellement les cuivres bien que je n'en joue plus depuis que ma Couesnon a explosé à cause de ce vieux chien malade, Luc m'avait bien promis une sculpture-souvenir, mais il a depuis lors rejoint le grand Big Band, l'ami Jerry aussi, Jack Treese, Simone, Montand et si ça continue je vais rester tout seul.

J'écris toute la nuit, je ne dors presque pas et je tape un peu fort dans les verres de vodka, le disque prend de l'allure, l'ami Souchon me fait en chantant un duo un très joli cadeau. Puis un jour, Tchernobyl, le réacteur explose, je vois des personnages qui frappent à ma fenêtre, de la neige qui tombe dans mon appartement, des filles nues qui se lavent dans l'évier chez mon fils, puis des gnomes au plafond, mais tout ça très joyeux, les bouquins qui décrivent le delirium tremens comme étant un enfer sont bons pour la poubelle, c'est vraiment amusant, ça doit être très proche d'un trip de L.S.D. Bien sûr à un moment c'est vraiment le black-out, Pauline m'a emmené dans un grand hôpital, il paraît qu'au bureau où on inscrit les gens j'ai pris ça pour un bar, commandé des sandwiches et des demis pression puis qu'ils m'ont refusé, me trouvant turbulent.

Alors je me réveille dans une chambre tout nu, des barreaux aux fenêtres et la porte bouclée, on a pris mes vêtements, une vilaine infirmière me donne quelques pilules qui rendorment aussitôt ; je suis vraiment très flou mais je fouille les placards et je trouve un peignoir accroché à un cintre, il est en fil de fer, j'appelle donc le fantôme de Marco qui m'explique comment bien crocheter une porte d'asile, car c'est bien un asile où on m'a enfermé, un asile psychiatrique, on m'a mis chez les fous.

Au bout de quelques jours, et si on a l'air calme on peut en demandant sortir dans les couloirs, on frappe sur la porte, et parfois on vous ouvre, il y a même une télé en bas dans un salon, tout le monde est zombie à cause de ces pilules et personne ne se parle, je me demande vraiment ce que je peux faire ici, il y a cette femme âgée qui reste toujours debout, répétant les paroles des acteurs dans le film, ce type qui a vingt ans et tape des cigarettes mais ne les fume jamais et porte deux peignoirs enfilés l'un sur l'autre, puis aussi ce vieux beau avec une fine moustache et un foulard noué sous sa vieille robe de chambre, on dirait Jean Sablon, il se colle à la vitre disant : « J'entends Hélène, Hélène vient me chercher, elle a pris le coupé, c'est le coupé Karman, je reconnais le bruit, j'ai réglé les pistons », Hélène ne vient jamais, mais il reste le nez collé à la fenêtre. Il y a une vraie beauté qui dort dans une cellule à l'étage au-dessus, c'est l'étage des femmes, elle me dit qu'elle est là sur un ordre de famille, on la dit nymphomane, elle jure que c'est pas vrai mais demande du menton que j'entrouvre mon peignoir, en dessous je n'ai rien, j'obéis, après tout qu'est-ce que ça me coûte et si ça lui fait plaisir, je regarde le film pendant qu'elle me regarde, avec un doigt en bouche, et puis un autre ailleurs, elle me coince quand on monte à dix heures vers nos chambres, dit qu'elle s'appelle Lucette, que déjà à l'école on l'appelait « Sucette », elle dévore à moitié un lobe de mon oreille et fourre sa langue partout, moi l'idée me plaît bien de monter dans sa chambre, j'ai toujours eu un faible pour les dortoirs des filles, les vestes réversibles et les Aston Martin. Elle sait que je crochète, elle m'a croisé un soir dans un des corridors alors qu'elle revenait de chez l'interne de garde qui laisse évidemment sa porte à elle ouverte et attend qu'elle descende le rejoindre dans son lit, mais ce soir c'est Norbert l'infirmier de service, un jeune homme boutonneux qui ne doit pas lui plaire, lui la mange des yeux mais non, ce soir c'est moi que la petite Lucette veut tenir dans ses bras, quand Norbert a bouclé les chambres et part dormir, je sors, j'entre chez elle, elle est nue sur le lit, allongée, vraiment belle, ces maudites pilules neutraliseraient Priape, je veux la caresser, elle repousse ma main, disant qu'elle fait ça mieux, pas besoin d'un bonhomme, elle a toute une trousse cachée dans sa chasse d'eau pleine de machins bizarres, de trucs en caoutchouc que sans doute l'autre interne a dû lui apporter, j'allume une cigarette, la nuit on nous confisque nos briquets mais le mien est scotché sur ma cuisse avec du sparadrap. Elle commence à gémir, dans les chambres à côté d'autres gémissent aussi, ça doit être la section où les mantes religieuses sont bouclées en cellule, elles ne descendent jamais dans le salon-télé, sans doute sont-elles violentes ou bien trop hystériques pour pouvoir voir des mecs sans leur sauter dessus, maintenant tout l'étage crie de plus en plus fort, c'en est même inquiétant ces cris et j'imagine que sans neuroleptiques j'aurais pu paniquer, mais je trouve ça plaisant, je bascule en arrière et je ferme les yeux, fumant ma cigarette, bercé par le mouvement tout à fait agréable qu'impriment à son sommier les beaux reins de la belle qui s'agite sur son lit avec ses accessoires et je pense que c'est moi qui fais crier comme ça un étage tout entier.

Quand Lucette s'est calmée elle me dit qu'elle a faim, on part vers la cuisine et là dans le couloir on rencontre Norbert, haletant dans un coin, la main sous sa blouse blanche, honteux d'être surpris, je lui fais « chut » du doigt, sûr qu'il ne dira rien au médecin en chef, on se fait cuire des œufs dans le noir et sans bruit à cause des deux gardiens qui font des rondes de nuit, elle avale les deux siens en moins de dix secondes, moi j'aime prendre mon temps et je m'installe à table pendant qu'elle en dessous me fait toutes sortes de choses et c'est « out of this world » comme dirait lord Byron de déguster des œufs dans ces conditions-là.

Pendant huit ou dix jours soit elle descend chez moi en emmenant sa trousse soit je monte chez elle, on se fait des concerts, faisant crier les filles qui par les cloisons minces entendent nos faux ébats, on commence adagio, puis quand ça monte un peu, là je parle italien, elle dit : « Attachez-moi ! », ça devient allegro, je réponds des horreurs, elle demande : « Fais-moi mal », je me frappe sur la cuisse en poussant des cris rauques, là c'est un staccato, et quand elle dit : « Prends-moi », c'est une vraie symphonie. On terrorise Norbert, on finit en cuisine, là j'ai ma récompense, on s'amuse comme des fous, normal dans un asile, mais un jour on manque d'air et on veut s'en aller, je crochète les vestiaires, récupère les vêtements, Norbert est très fragile et Lucette la Sucette a dû faire le grand jeu, elle a non seulement pris les clés de la grande porte mais elle a aussi celle de sa vieille Ford Fiesta et nous voilà partis, on emmène avec nous l'homme qui nous tape des clopes qu'il ne fume jamais et qu'on retrouvera près de Lons-le-Saunier sur le quai d'une gare gelé dans ses peignoirs avec dans toutes ses poches bien deux mille cigarettes.

Personne n'a attrapé ni Lucette la Sucette ni moi non plus d'ailleurs, si l'homme descend du singe, cette petite sœur et moi on doit avoir un peu de sang caméléon, on se perd dans les villes, on se perd dans la nuit, je pense souvent à elle quand seul à la cuisine je me fais cuire des œufs, j'aime bien les œufs au plat, mais ça me manque un peu ce quelque chose en plus qu'elle faisait sous la table.

Je suis comme un panda à cause de ces pilules,

j'étais un type rapide, je mets trois ou quatre heures à faire ces mots croisés qu'avant je terminais en moins de vingt minutes et je suis très inquiet, on conseille un psychiatre, le type est plus malade que ne peuvent être ses malades, je démonte le bonhomme en moins d'une séance, son père ne l'aimait pas, ses enfants le détestent, sa jeune femme l'a quitté et sa maîtresse aussi, pourtant il dépensait des fortunes pour elles, il a raté sa vie, il voulait être acteur, il est homosexuel et s'achète des types près de la porte Maillot, puis il pleure dans mes bras, moi je vais beaucoup mieux, quelque part un pontage s'est fait dans mon cerveau entre les cellules mortes à cause de mes sottises et celles inemployées qui s'ennuyaient un peu, attendant qu'un jour on les sollicite enfin.

Le disque est pour octobre, j'ai l'été devant moi, depuis longtemps je rêve de voir le Tour de France, ou ne fût-ce qu'une étape, quand je vivais à Vence, on attendait des heures sur le bord de la route risquant l'insolation pour voir passer Bobet, moi j'étais pour Robic que j'ai vu bien plus tard dans l'avenue du Maine, il tenait un bistrot, il est mort en auto, c'est triste pour un cycliste, il aura sa bouteille un jour à Zanzibar. Là on part en avion, c'est un monomoteur et le pilote s'appelle le commandant Clodo, j'aurais dû me méfier, on s'entasse comme on peut et puis l'avion décolle et vole quelques secondes et puis on est trop lourds alors l'avion décroche, on s'écrase sur la piste dans une gerbe d'étincelles et on sort en courant quand les pompiers arrivent, on a failli flamber, c'est bien la dernière fois que je vais voir du sport.

Mon album sort enfin et ça m'a pris trois ans,

quand je pars au Venise faire une vidéo, tout ça ne me plaît plus et mon camion de blues me suit dans les gondoles, j'ai le prix Charles Cros mais personne ne m'écoute, je me sens usé, disons désabusé, j'ai déchiré mes doigts sur des cordes de guitare et abîmé mes yeux devant du papier blanc pendant tellement d'années pour vraiment pas grand-chose, alors autant aller tout droit à Zanzibar, faire à mon tour mon bar, un bar ou un bordel, peut-être un bar-bordel, je prends un vol demain, escale à Nairobi, puis à Dar es-Salaam, après c'est un bateau qui m'amène jusqu'au port de Stone Town, Zanj el-Bar, en Tanzanie, Afrique.

CHAPITRE QUATORZE

Ce sera près du port, derrière la forteresse, un bar tout en longueur qu'aura dessiné Georges, bien sûr tenu par Mike, Barlich est à la plonge, le Colonel au coin et la baronne en mer avec un capitaine, on clouera des photos de chanteurs très connus sur les grands murs en plâtre recouverts de canisses pendant que ma princesse se dorera sur la plage pour que le soir venu je me sente aussi bien qu'une belle tranche de saumon allongée sur un toast. On sera assis bas sur des sièges de Deux-Chevaux, des bougies couleront sur des bouteilles de scotch, des petites serviront nues sous leurs débardeurs du konyaki aux gens, en leur disant : « Jambo, karibu nyumbyani », que sans l'aide de Byron même moi je peux traduire par : « Bonjour, bienvenue », la plus jolie, topless, vendra des esquimaux, elles dormiront la nuit toutes ensemble dans mon lit à l'hôtel Emerson dans la chambre « Blue Two » et le jour j'écrirai le scénario d'un film commençant comme ceci :

Le poêle à paraffine chauffe peut-être un peu trop les cent mètres carrés que m'a prêtés ma sœur, ses copines australiennes dans mon grand water-bed rivalisent d'inventions de plus en plus coquines, je les quitte pour Nadine, femme fidèle, amoureuse, je dirige un night-club, j'engueule les vestiairistes, Stirling Moss vient un soir et je le fous dehors, Chaim et Mordicaï nous servent du café dans la piscine privée que Vince Taylor et moi avons près de Queensway, là je relis James Joyce pendant que Cyrilli me fait des œufs au plat, Lucette n'est pas très loin, Ellington m'a offert un smoking réversible et on fait plein de films produits par Jean Mineur avec des Portugaises qui dessalent des morues, le soir à Knokke-le-Zoute, Yoko Ono s'étouffe, on a cousu son sac, ou alors elle explose dans la niche d'un chien du côté de Harveng, il y a des travellings sur les melons de Kate, de Fatou, d'Isabel, de Maria Frei-Frau, d'une actrice italienne devenue superstar, des plans un peu plus larges sur le pont Alexandre, des bouteilles de framboise qui jouent les contre-emplois, des slips Petit-Bateau et des hordes de grognards, des contrebasses bourrées de produits illicites, au moins un légionnaire, des hindous, des Moldaves, des avocats marrons, des nuits blanches aux Anges noirs avec une Toucouleur, un dîner chez Doisneau, un duo chez Souchon, des trappeurs, un Trepper, Roberto Murollo, un petit Tchernobyl, Arnold Rumpelmayer et Pauline, petite fée dont les bosses n'ont vraiment rien à voir avec celle de la fée Carabosse, et on finit sur moi dans mon bar de Stone Town, inscrivant au crayon les noms de mes fantômes au bas des étiquettes des flasques de konyaki : Mezz Mezzrow et Geldreich, Montand, Marc et Jerry, Cheri Pease, Jack et Luc, Simone et Jean Robic, Armstrong et Caussimon, Duke Ellington, Desproges, mon père et mon beau-père, Prévert qui tient la jambe du bras droit de

Cendrars et bien sûr Miles Davis, j'en mets une à mon nom, personne n'y pensera quand moi aussi j'irai rejoindre le Big Band, et le film se termine par un très long plan large du port de Zanzibar, on me voit disparaître dans une auto-école qui apprend à conduire même les camions de blues.

Paris, Saint-Roman, Zanzibar, automne 1993.

DU MÊME AUTEUR

Aux Éditions Gallimard

LETTRES À MADEMOISELLE BLUMENFELD, *roman* (L'Arpenteur/Folio n° 2474).

TOUS LES BARS DE ZANZIBAR, *récit*.

SI JE NE SUIS PAS REVENU DANS TRENTE ANS, PRÉVENEZ MON AMBASSADEUR, *roman*.

Composition Bussière
et impression Bussière Camedan Imprimeries
à Saint-Amand (Cher), le 12 février 1996.
Dépôt légal : février 1996.
Numéro d'imprimeur : 2737-1/2525.
ISBN 2-07-039460-3./Imprimé en France.

74512